탐정 홍길동 : 사라진 마을

탐정 홍길동 : 사라진 마을 (이숲 청소년 05)

1판 1쇄 발행일 2016년 5월 5일
글 | 김미리
원작 | 조성희
그래픽 아트 | 전종욱
저작권 | (주) 씨제이이앤엠 (주)영화사비단길
펴낸이 | 임왕준
편집인 | 김문영
펴낸곳 | 이숲
등록 | 2008년 3월 28일 제301-2008-086호
주소 | 서울시 중구 장충단로 8가길 2-1
전화 | 2235-5580
팩스 | 6442-5581
홈페이지 | www.esoope.com
페이스북 | www.facebook.com/EsoopPublshing
Email | esoope@naver.com
ISBN | 979-11-86921-12-8 03810
원저작권 ⓒ 2016 CJ E&M CORPORATION, BIDANGIL PICTURES CO., LTD. ALL RIGHTS RESERVED
출판권 ⓒ 이숲 | 2차 저작권 ⓒ 김미리, 2016, printed in Korea.

이십 년 전

어둠에 잠겨 있던 실내에 일제히 조명이 들어오면서 눈이 부시도록 환하게 밝혀진 단상에 서 있는 남자가 마이크에 대고 말을 시작했다.

"공사다망하신 중에 어려운 발걸음을 해주신 내외 귀빈 여러분, 정말 감사합니다. 지금부터 광은회 10주년 기념식 및 보고회를 시작하겠습니다. 시간 관계상 귀빈 소개는 생략하고, 먼저 홍상직 국사(國師)님을 모시고 개회사를 듣겠습니다."

단상 귀빈석에는 금빛으로 치장한 의자들이 놓여 있고, 뒤쪽에는 11자 형상의 거대한 조형물이 세워져 있었다. 가운데 가장 높은 상석에 깊숙이 몸을 파묻고 있던 중년 남자, 홍상직이 앞으로 천천히 걸어 나와 단상 앞에 섰다. 홍국사가 고개를 까딱하며 눈짓을 하자, 순간적으로 실내에는 이상한 긴장감이 퍼졌고, 그곳에 모인 사람들은 모두 결연한 표정으로 오른손 검지와 중지를 모아 왼쪽 손목에 대고 두 번을 내리쳤다. 손가락과 손목이 맞부딪치면서 내는 짝짝! 소리가 조용한 실내를 가득 채웠다. 그곳에 모인 사람들은 모두 왼쪽 손목에 11자의 문신이 새겨 있었다. 홍 국사는 마이크를 잡고 연설을 시작했다.

"세월은 유수 같아 벌써 십 년이 흘렀습니다. 그동안 우리 광은회는 오로지 구국의 일념으로 온갖 노력을 기울여 왔습니다. 하지만 우리 조직을 이탈해서 속세에 나가 해괴한 소문을 퍼뜨리는 배신자들이 더러 생겼으니 참으로 유감스러운 일이라고 개탄하지 않을 수 없습니다. 이런 자들은 반드시 색출해서 그들의 죄에 합당한 벌을 내려야 마땅합니다. 이 준엄한 심판에는 가족도 친지도 예외가 될 수 없습니다!"

홍 국사가 격앙된 목소리로 연설을 이어가는 동안 자리에 앉은 사람들의 표정은 더욱 숙연해졌다. "이곳 명월리 사람들은 모두 맡은 바 임무를 충실히 하고, 오늘도 광은회에 충성하고 있습니다. 그런 여러분 앞에서 일벌백계(一罰

百戒)의 본보기로 배신자 중의 한 사람을 처단하겠습니다!"

홍 국사의 살벌한 선언에 두려움을 느낀 사람들이 웅성거렸다.

그날 저녁. 마을 한가운데 너른 마당에는 행색이 비참하기 짝이 없는 마을 사람들이 잔뜩 겁에 질린 모습으로 모여 앉아 있었다. 남녀노소 할 것 없이 모두 이런 행사에 익숙한 듯 입을 굳게 다문 채 고개를 숙이고 바닥만 내려다보고 있었다.

그들 한가운데, 한 남자가 무릎을 꿇고 앉아 있었고, 그 옆 기둥에는 심하게 고문당한 듯한 한 여자가 기둥에 팔이 묶인 채 쓰러져 신음하고 있었다. 그리고 한쪽 구석에 있는 낡은 건물에서는 어린아이 하나가 건물 부서진 벽 틈으로 그 장면을 엿보고 있었다. 잠시 후 남자가 몸을 일으키더니 총을 움켜쥐었다. 남자가 실성한 사람처럼 중얼거렸다. "미안하오. 하지만 이렇게 하지 않으면 내 딸이 죽어요." 남자의 한쪽 눈동자가 심하게 흔들리고 있었다. 쓰러져 있던 여자는 공포에 질린 채 멀리 있는 아이가 들으라는 듯이 애

절하게 소리쳤다. "어서 도망가. 길동아. 넌 살아야 해. 꼭 살아서 다신 이런 일이 일어나지 않게 해야 한다."

탕! 하는 총소리와 함께 외마디 비명이 들리자 모여 있던 마을 사람들은 공포로 몸을 떨었다.

10월 20일 새벽, 길동과 세 남자

간간이 찬바람이 불어오는 이른 새벽이었다. 쌀쌀한 기운이 옷깃을 여미게 하는 가을, 인적 드문 한강 둔치 한구석 차 안에서 깜빡 잠이 들었던 길동은 악몽을 꾼 듯 진땀을 흘리고 숨을 거칠게 몰아쉬며 깨어났다. 길동은 서둘러 코트 안쪽에서 약병을 꺼내 물도 없이 알약 몇 개를 꿀떡 삼켰다. 손목에 찬 시계는 새벽 5시 59분을 가리키고 있었다. 차에서 내린 길동은 빠른 걸음으로 한강 다리 쪽으로 걷기 시작했다.

세상은 아직 어둠에 잠겨 있었다. 조용한 둔치에서 뚜

벅뚜벅 발소리가 가까워져 오자 철교 아래서 서성이던 남자 셋의 시선이 일제히 그에게로 향했다.

'귀찮아, 귀찮아, 죽고 싶을 만큼 귀찮아. 너무 귀찮아서 사람이 죽을 수도 있을까?' 길동이 속으로 중얼거리며 남자들 쪽으로 다가가자, 누가 먼저랄 것도 없이 그들은 길동의 몸을 수색했다.

"이게 뭐야?" 덩치 큰 남자가 길동의 주머니에서 바스락거리는 물건을 꺼내 밝은 쪽에 비춰보더니 한심하다는 듯 말했다. "캐러멜? 당신 뭐야, 초딩이야?"

"갑시다." 길동은 남자의 말을 무시하고 걷기 시작했다. 남자 셋은 말없이 길동을 따라갔다. 저벅, 저벅, 저벅… 덩치 큰 남자들의 육중한 발소리가 인적 드문 둔치의 새벽 공기를 갈랐다.

길동은 색 바랜 '출입금지' 표지판을 무시하고 조금 더 걸어가더니 다리 아래 하수도 터널로 성큼성큼 들어갔다. 물이 고인 바닥을 철벅철벅 걸으며 길동은 생각했다.

'늙수그레한 놈이 장길성, 반짝 구두가 양진태, 반지 낀 덩치가 정호일이군. 근데 다들 하나같이 정말 못생겼군.'

길동이 걸음을 멈추고 뒤로 돌아섰다.

늙수그레가 말했다. "분명히 그놈 맞지?"

"그렇다니까." 길동이 답했다.

"항상 신분을 바꾸고 신출귀몰해서 아무도 그놈 진짜 얼굴을 모른다던데? 그놈 하는 짓이 정말 귀신같다면서? 그리고 또 뭐라더라? 아, 맞다. 그놈 기억상실증에 걸려서 어릴 시절에 있었던 일을 하나도 기억하지 못한다며? 하여간 이런저런 말이 많은데, 흥! 내가 그 자식 만나기만 하면…."

쭈그리고 앉아서 풀린 신발 끈을 묶던 길동이 덩치의 말을 자르며 말했다. "만나서 뭘 어찌하시려구?"

반짝 구두가 대답했다. "죽여야지. 그놈 때문에 우리가 엿을 먹었거든."

길동은 구두끈을 다 묶고는 천천히 일어나 남자들을 바라보았다. 순한 양 같던 길동의 눈빛에 살기가 서렸다. 갑자기 변한 길동의 눈빛에 기가 죽은 반짝 구두가 움찔했다. 길동이 턱으로 뒤편을 가리켰다. 거기엔 기계실처럼 보이는 공간이 낡은 철문으로 닫혀 있었다. 길동은 어깨를 한번 으쓱하곤 그쪽으로 걸어갔다. 오랫동안 아무도 사용하지 않았는지 철문은 소름 끼치는 금속성 소리를 내며 어렵사리 열렸다. 길동이 세 남자를 돌아보며 말했다. "여기야."

"여기 그놈이 있다고?" 늙수그레가 물었다.

"그래, 이 안에 있다구, 당신들이 찾는 홍길동이…."

긴장한 남자들은 품에서 총을 꺼내 들었고, 길동은 이미 안으로 깊숙이 들어갔다.

머뭇거리던 남자 셋도 길동을 따라 안으로 들어갔다. 그 순간, 뒤에서 문이 쾅! 닫히며 긴 여음을 남겼다.

문이 닫히자 지하 기계실 안은 칠흑처럼 캄캄해졌다. 갑자기 달려든 어둠에 놀란 남자들은 겁을 집어먹고 손에 들고 있던 총의 방아쇠를 당겼다. 탕탕탕… 총성이 울리고, 매캐한 화약 연기가 사방에 퍼졌다. 그때였다. 한쪽 구석에 불이 켜졌다. 남자들은 흠칫 놀라며 그쪽을 바라봤다. 거기엔 낡은 책상이 놓여 있었고, 그 위에 스탠드 램프, 무전기가 놓여 있었다.

램프 빛을 받아 얼굴이 더 창백해 보이는 길동은 책상 앞에 심드렁한 표정으로 앉아 뭔가를 만지작거리며 말했다. "너희들 왜 자꾸 날 찾아다녀? 짜증 나게!"

"뭐야, 이거? 지금 장난해?" 덩치가 소리쳤다.

"길동이 그놈 어딨어?" 늙수그레가 말했다.

길동이 무전기를 들고 건전지를 갈아 끼우며 대답했다. "그놈? 여긴 지금 너희하고 나밖에 없어. 그럼, 내가 누구겠어, 이 돌대가리들아! 내가 너희하고 끝을 볼 일이 있어서 너희를 불러낸 거야."

"뭐라고? 이게 무슨 개소리야?" 반짝 구두가 말했다.

총을 겨눈 채 덩치가 길동 쪽으로 다가서며 외쳤다. "이 새끼, 너 잘 걸렸다. 이렇게 네 발로 찾아와 우리 수고를 덜어주니 고마운데?"

그때였다. 치직. 치지직. 무전기에서 잡음에 섞여 남자 목소리가 들렸다. "스물, 열아홉, 열여덟⋯."

돌발 상황에 남자들이 어리둥절한 사이, 길동은 무전기 채널을 돌려 주파수를 맞췄다. 채널이 바뀔 때마다 목소리가 이어졌다 끊어지곤 했다. 채널을 돌리던 길동이 말했다.

"장길성 동생 장대성, 연남동 신성아파트 102동 403호, 와이프랑 고깃집 하지? 양진태 어머니 오영자, 불광동 23-3, 위궤양 치료하러 오늘 병원 가는 날이지? 정호일 처 김경

숙, 창신동 19-1번지, 사흘 전부터 친정에 가 있군."

"네가 그걸 어떻게…." 당황한 기색이 역력한 늙수그레
가 물었다.

"지금부터 내 말이 이십 초 이상 끊기면, 너희 가족은 죽
은 목숨이야. 동생, 어머니, 와이프, 지금 전부 입에 총을 물
고 있어."

"이게 지금 어디서 개수작이야?" 반짝 구두가 믿기지 않
는다는 듯이 소리를 질렀다.

길동이 채널을 정확하게 맞추자 무전기의 목소리가 또
렷이 들렸다. "장대성부터 쏘겠습니다."

무전기에서 탕! 하는 폭발음과 함께 '아악!' 하고 짧은 비
명이 울렸다.

길동이 무전기에 대고 말했다. "됐어."

길동은 구부렸던 몸을 펴면서 남자들에게 말했다. "들
었나? 소리가 너무 작아서 못 들었나?"

남자들은 넋이 빠진 듯 꼼짝도 하지 않고 서 있었다.

"어흑! 대성이 맞아, 우리 대성이!" 늙수그레가 울먹이며
말했다.

남자들은 당황하고 절망한 얼굴로 서로 마주 보았다.

길동은 포장지를 벗겨 캐러멜을 입에 넣더니 우물거리며 말했다. "이제야 눈치를 챈 것 같구만! 그래, 내가 바로 너희가 찾는 홍길동 님이시다. 먼저 총을 책상에 올려놔. 총을 버리면 가족들 목소리 들려주지. 너희가 목소리를 직접 들어야 내 말이 사실인지 아닌지 확인할 수 있잖아, 안 그래? 내가 너희 총으로 너희를 쏠까 봐 겁나면, 탄창을 빼고 총만 내놔!"

다시 무전기에서 치지직! 소음과 함께 목소리가 들렸다. "스물, 열아홉, 열여덟…."

남자들은 안절부절못하며 서로 눈치만 살폈다.

무전기에선 계속 숫자 세는 소리가 들렸다. "열하나, 열, 아홉…."

갑자기 늙수그레가 권총에서 탄창을 빼고는 길동 앞에 총을 내려놓았다. 나머지 두 명도 늙수그레를 따라 황급히 탄창을 빼더니 책상에 권총을 올려놓았다.

길동은 총을 하나하나 분해하면서 조곤조곤 말했다. "전에 내가 너희 손아귀에서 구해내서 집으로 돌려보낸 그 여자애, 생각나? 오수진이던가? 그 애 때문에 이렇게 날 찾아다니는 거야? 내가 너희 인신매매 사업을 방해했다고? 그래, 날 찾으면 어쩔 셈이었어? 죽이려고 했어? 그리고 너희도 인간이라면, 나이 어린 여자애를 어떻게 그렇게 만신창이로 만들 수 있어? 이 인간 백정 같은 놈들아!"

반짝 구두가 소리쳤다. "야, 시끄럽고, 우리가 총만 내놓으면 가족들 목소리 들려준다고 했잖아! 어서 우리 엄마 목소리 들려줘!"

덩치도 외쳤다. "우리 경숙이 목소리 들려줘!"

늙수그레도 소리쳤다. "우리 대성이, 애꿎은 대성이는 왜 끌어들여?"

길동은 속으로 생각했다.

'늘 그렇듯이 정말 이해할 수 없는 반응이야. 스무 살도 안 된 여자애들을 잡아다 팔아먹는 인신매매범들도 자기 가족만은 끔찍하게 아끼지….'

길동은 책상 서랍을 열고 탄창을 꺼냈다.

"앗? 뭐야? 우릴 속였어?" 반짝 구두가 분해서 소리쳤다.

길동은 총에 철컥! 탄창을 끼우며 약 올리듯 말했다. "내

말 너무 믿지 마. 다 거짓말이니까."

그때였다. 순식간에 바지 뒤춤에서 칼을 뽑은 덩치가 길동 쪽으로 몸을 날리자, 길동은 전광석화처럼 자리에서 튀어 오르더니 덩치의 무릎을 향해 방아쇠를 당겼다.

"탕, 탕, 탕." 세 발의 총성이 이어졌다.

"으악!" 덩치는 비명을 지르며 그 자리에서 주저앉았고, 다리에 총을 맞은 다른 남자들도 앞으로 고꾸라졌다. 길동은 자리에서 일어나 괴성을 지르며 울부짖는 반짝 구두에게 다가가 무릎에 대고 탕! 하고 한 발을 더 쐈다. 반짝 구두는 고통을 못 이기고 또다시 괴성을 질렀다.

"시끄러워!" 길동이 소리치자 사내 셋은 겁에 질려 몸을 움츠렸다.

길동은 구석에 놓아뒀던 코트를 집어 걸치며 말을 이었다. "너희들 만난 김에 뭐 하나 좀 물어보자. 혹시 김병덕이라고 들어봤어? 김병덕. 들어봤거나, 만난 적 없어? 너희들 쪽에서 김병덕 이름이 나왔다던데… 아, 그리고 너희 가족들은 걱정할 것 없어. 그것도 뻥이니까! 하하하."

남자들은 고통으로 얼굴을 찡그리면서도 반신반의하

는 표정을 지었다.

"응? 김병덕, 몰라? 나한테 도움되는 정보를 주는 놈은 살려줄 텐데."

반짝 구두가 대답했다. "제가, 제가 압니다, 김병덕!"

"어느 쪽이야?" 길동이 반짝 구두를 바라보며 말했다.

"네? 어느 쪽? 아, 저기… 연신내 쪽에 있습니다." 반짝 구두가 대답했다.

"흥! 나도 김병덕이 어디 사는지는 알고 있어. 게다가 그 늙은이는 연신내에 살지도 않아. 내가 김병덕이 잡으러 벌써 출발했어야 하는데 너희 때문에 이렇게 여기서 시간 낭비하고 있는 거야, 알겠어? 난 김병덕의 어느 쪽 눈이 멀었느냐고 물었어." 길동이 말했다.

반짝 구두는 당황해서 중얼거렸다. "눈이 멀었…?"

길동이 남자를 노려보며 덧붙였다. "내가 제일 잘하는 게 뭔지 알아? 거짓말이야. 두 번째로 잘하는 게 뭔지 알아? 남의 거짓말 알아보는 거야. 왜 나한테 한심한 거짓말을 해? 짜증 나게!"

길동은 책상 서랍에서 뭔가를 꺼내 엎드려 있는 사내들

쪽으로 던졌다. 그것은 정원 가위였다.

"지금부터 너희 손가락을 자른다. 정호일이 너부터! 자, 옆에 있는 사람이 자르는 거야."

덩치가 떨리는 목소리로 말했다. "혀, 형님! 살려주세요."

그때였다. 길동이 탕! 하고 바닥에 총을 쏘자, 불에 덴 듯 남자들이 움찔했다.

"살려달라고? 그 말은 너희가 평소에 남들한테서 자주 듣던 말 아니야? 헛소리 그만하고, 지금부터 징징대거나 시간을 끌면 너희 머리에 한 발씩 공평하게 쏴주지!" 길동이 소리쳤다.

겁에 질린 덩치의 눈에서 눈물이 주르르 흘렀다.

"어서 시작해!" 길동이 호통치자, 반짝 구두가 마지못해 가위를 주워들었고, 늙수그레가 어색하게 덩치의 팔을 잡았다.

길동은 옆에 놓인 중절모를 집어쓰며 말했다. "겁대가리 없이 감히 이 홍길동 님한테 덤빈 벌이다!" 길동은 차갑게 씩 웃더니 덩치에게 다가가 손가락 하나를 잡아 비틀었다. 뚝! 하고 뼈 부러지는 소리가 나면서 덩치의 처절한 비명이 허공에 울려 퍼졌다.

두 황 회장

　황계숙. 지금의 황 회장. 그녀 아버지의 고향은 부산이
었다. 전후 세대 많은 이가 그랬듯이 계숙의 아버지도 찢어
지게 가난한 집안에서 태어나 구두닦이도 해보고 남의 집
심부름도 하며 근근이 살아갔지만 어려서부터 명석하기로
소문이 자자했다. 커서는 맨손으로 밥장사, 술장사 등 닥치
는 대로 일을 하며 강인한 생활력으로 모진 세월을 헤쳐나
갔다. 그러다 뒤늦게 한 가정을 이루긴 했지만 어려운 살림
을 견디지 못한 그의 부인은 갓 낳은 어린 딸을 놔두고 집
을 나가 버렸다. 남겨진 그는 열심히 일하며 차곡차곡 돈을
모았다. 그러다 우연히 뛰어든 부동산 사업에서 운 좋게도
대박이 터져 엄청나게 큰돈을 모으기 시작했다. 그 후로 손
을 댄 대부업도 큰 세력으로 성장했다. 준수한 외모에 화통
한 성격, 의리를 아는 사채업자라는 소문이 퍼지면서 서울
정관계 인사들과 교류하기 시작했고, 검은돈의 큰손으로
명성을 굳혔다. 서울에 자리를 잡은 뒤로는 부동산업체, 건
설업체, 금융업체, 보안업체, 홍신소 등 다양한 사업을 벌

였고, 사업마다 대단한 성공을 거둬 승승장구했다. 돈, 사람, 법, 연줄 등 문제가 풀리지 않아 궁지에 몰린 사업가, 정치가들이 마지막 카드로 그를 찾았다. 물론, 엄청난 대가를 요구했지만, 그가 풀지 못하는 문제는 없었다. 한눈에 상대의 깜냥을 알아보는 통찰력과 사태를 정확히 파악하는 판단력까지 갖춰, 황 회장은 한때 '명동의 황통령'이라고 불리기도 했다. 하지만 천년만년 황통령으로 지낼 것 같았던 그도 어느 날 갑자기 찾아온 병마에 쓰러져 다시는 일어나지 못했다. 그렇게 황 회장은 유일한 혈육인 외동딸 황계숙에게 모든 걸 물려주고 세상을 떴다. 그날, 바야흐로 젊은 황 회장의 시대가 열렸다.

　황 회장이 활빈당 사무실을 찾아 홍 소장 자리에 앉자마자 전화벨이 울렸다. 수염이 덥수룩한 검은 정장 차림 사내가 전화를 받으려 하자, 황 회장이 눈빛으로 제지하며 수화기를 낚아챘다. 전화한 상대에게 누구냐고 묻지도 않고 황 회장은 줄줄이 읊었다. "김병덕, 나이는 70대 전후. 주소는 강원도 화천군 도계면 명월리…."

"명월리 94에 3. 이봐, 그 정돈 나도 안다고! 내가 모르는 걸 알려줘야지." 수화기에서 낭랑하게 들리는 목소리가 황 회장의 말을 끊으며 말했다.

"사람 필요하면 지금 말해. 내일부턴 인력을 풀가동해야 해." 황 회장이 말했다.

"됐어, 됐다고! 김병덕은… 내 개인적인 문제니까."

"그래. 홍 소장한테 이 일이 얼마나 중요한지는 나도 잘…." 황 회장이 말을 채 끝내기도 전에 수화기에서 목소리가 말했다. "왜 그래, 황 회장? 이 사건 진행하다가 내가 다치기라도 할까 봐 걱정돼?"

"뭐, 꼭 그런 건 아니고…." 황 회장이 얼버무리는 사이에 또다시 목소리가 말꼬리를 잘랐다. "난 황 회장이 암에 걸리든 다리가 부러지든 별다른 느낌 없을 거 같은데, 혹시 내가 그러는 게 섭섭해?"

"전화 끊는다." 황 회장이 수화기를 내려놓으며 말했다. 나쁜 놈! 인정머리 없는 놈!

10월 20일 오후, 길동의 독백

뚜뚜뚜….

'홍! 황계숙이… 지 아버지 닮아서 쌀쌀맞기는!'

한강 둔치 공중전화 박스에서 길동은 혀를 끌끌 차며 세워둔 차 쪽으로 걸음을 옮겼다.

공터에서 공을 차는 아이들을 물끄러미 바라보던 길동은 갑자기 갈증을 느끼고 음료수라도 사 먹을까 해서 주머니를 뒤졌지만, 손에 잡히는 건 천 원짜리 지폐 한 장과 캐러멜갑이 전부였다.

'젠장! 아까 그놈들 지갑이나 빼앗아 올걸!'

길동은 돌아가신 황 회장을 처음 만났던 때가 떠올랐다. 기억은 가물가물하지만, 엄마를 눈앞에서 잃고 명월리 광은회 소굴을 뛰쳐나온 어린 길동은 거리를 헤매는 거지 소년이 됐다. 그러다가 사회복지사들의 도움으로 여러 차례 임시 보호처를 거쳤고, 결국 하늘 보육원에 입원하게 됐다. 그때 보육원을 찾은 황 회장의 자신을 가리키던 손가락을 길동은 지금도 생생히 기억하고 있다. 좌석에서 고급스러운 가죽 냄새가 풍기던 검은 세단을 타고 서울 어느 저택에 도착했을 때 현관문이 열리며 계숙은 "아버지…" 하고 부르며 뛰어나왔다. 그날 소녀가 입고 있던 하늘색 원피스와 꽃향기 같던 비누 냄새 또한 길동은 생생히 기억하고 있다.

'그래, 그땐 참 다정한 애였는데….' 길동이 중얼거렸다.

길동은 도심을 빠져나와 고속도로로 들어서자 라디오를 켰다.

적은 언제나 도발의 기회를 엿보고 있습니다.

그 도발과 위협에 누구도 안전하지 않습니다.

적에 맞서려면 근원을 찾아 섬멸하는 수밖에….

길동은 채널을 돌렸다.

이번 주는 대체로 흐리고 금요일부터 비가….

'또 비로구나. 가을비….' 길동은 다시 채널을 돌렸다.

광은회가 어둠에 숨어 사는 악마의 조직이다, 정권을 뒤에서 조종하는 범죄 집단이다, 뭐 이런 얘기가 나오는데, 이건 전부 거짓말이고 헛소문입니다. 그런 조직은 존재하지도 않고….

수신 상태가 좋지 않은 듯, 라디오가 계속 칙칙거리자 길동은 라디오를 끄고 중얼거렸다.

'광은회, 어둠 속에 숨어 산다…. 나랑 비슷한 놈들이네.'

차의 속도를 높이며 길동은 속으로 중얼거렸다. '난 홍신소 활빈당의 소장이자 사립탐정이다. 시궁창 속에서 득실거리는 온갖 쓰레기들을 상대하는 위험한 일이지만, 나는 꽤 잘해내고 있다. 그것도 아주 쉽게 일을 처리한다고 정평이 나 있지.'

고속도로를 빠져나온 길동의 차가 국도로 들어가자 주위 풍경에는 점점 녹색이 많아지고, 백미러에 언뜻언뜻 주황색 노을빛이 담겼다 빠지곤 했다.

길동은 속으로 중얼거렸다. '도시 괴물들을 잡으려고

수소문하고, 추적하고, 미행하는 것이 내 일상이야. 하지만 오늘 나는 아주 특별한 사람을 만나러 가는 길이야. 목표물을 찾아내는 데 보통 하루를 넘기지 않는 내가 무려 이십 년 동안이나 헤매며 찾아내지 못한 상대. 이제야 그자의 이름과 주소를 알아냈다. 내가 잃어버린 기억에 유일하게 남아 있는 그자. 내 어머니를 죽인 괴물, 왼쪽 눈이 없는 애꾸 김병덕! 기다려라…. 내 어머니가 네게 당했던 그대로, 내가 봤던 그대로 네놈한테 갚아줄 테니까. 이제 불과 몇 분 뒤엔 김병덕을 만난다…. 드디어!

그때였다. 어느새 좁은 시골길로 들어선 차에서 갑자기 펑! 소리가 나면서 차체가 격하게 흔들렸다.

'에잇. 왜 하필 이럴 때…' 길동은 차를 멈추고 밖으로 나와 타이어를 살폈다. 주위에는 벌써 어둠이 내렸고, 차의 전조등 조명을 받은 표지판에는 '명월리'라고 선명히 적혀 있었다.

2장. 김병덕

10월 20일 저녁, 납치

인적 드문 마을에 푸성귀를 심어놓은 밭 한쪽에 허름한 집들이 군데군데 보였다. 큰길에서 삼십여 미터 들어가면 허름한 집 한 채가 덩그러니 들어앉아 있었다. 녹슨 철문을 지나면 좁은 마당 한구석 찢어진 천막 아래 폐지 더미가 위태롭게 쌓여 있고, 빈 병들이 바닥에 나뒹굴고 있었다. 집이라고 해야 작은 부엌이 딸린 방 하나가 전부였다.

작은 여자애 하나가 부엌에서 방 쪽문을 통해 밥그릇이 담긴 쟁반을 들이밀자, 나이가 더 어려 보이는 여자애가 받아 기우뚱한 밥상에 밥그릇을 올려놓았다. 노인이 부엌을 향해 소리쳤다. "어여 들어와."

"네. 할아부지." 여자애는 건성으로 대답하고 찬장에서 깡통을 꺼내 주머니에 들었던 동전들을 옮겨 담고는 방으로 들어와 앉았다. 밥상에는 공깃밥 세 그릇과 간장, 김치, 고사리 무침이 전부였다.

노인이 말했다. "내 밥은 뭐 할라구 이렇게 많이 펐어?"

작은애가 노인과 밥그릇을 바꾸며 말했다. "그거 내 밥인데."

"말순아. 고사리, 이거 할애비가 무친 거야. 먹어봐." 할아버지가 고사리 무침을 작은애 밥숟가락에 얹어주며 말했다.

"맛없어. 나 탕수육 먹고 싶어." 말순이가 징징대며 밥숟가락을 억지로 입에 쑤셔 넣었다.

"그럼 내일은 계란 후라이 해줄게… 아구 아구… 그래도 잘 먹네."

노인이 안쓰러운 듯 아무 말 없이 얌전히 밥을 먹는 큰애에게로 시선을 옮겼다.

"동이 너… 또 병 주워서 가게에 팔고 왔어, 안 왔어?"

동이는 고개를 숙인 채 대답하지 않고 밥만 입에 쑤셔 넣었다.

"왜 자꾸 할애비 말 안 듣고 거지마냥 그러는 거야?" 노인이 다그쳤다.

아이가 갑자기 고개를 쳐들며 앙칼진 목소리로 말했다. "할아부지도 하면서 왜 날 보고 거지래?"

"내가 한다고 너까지 해? 이 할애비 속 끓는 거 볼라 그래?" 노인도 분을 참지 못하고 쉰 소리로 외쳤다.

"그래도 조금만 더 모으면 할아부지 안경 살 수 있어." 동이가 악을 썼다.

노인이 혀를 끌끌 차며 말했다. "동이 너는 공부나 열심히 하면 돼. 안경 타령 그만둬! 한 번만 더 그래 봐. 내 선생님 찾아가서 다 일러바칠 테니까."

동이가 입을 씰룩거리자, 노인은 동이가 안쓰러운 듯, 새끼손가락을 내밀며 말했다. "다시는 안 하는 거야. 응?"

동이가 마뜩잖은 듯 입을 비쭉거리면서도 새끼손가락을 내밀었다. 그제야 노인의 표정이 조금 밝아졌다. 노인은 자기 밥그릇에서 밥을 크게 한 숟가락 퍼서 동이에게 덜

어쳤다. "그리고 낼은 짐들 쌀 거니까 바로 와. 말순이도 학교서 놀다 오지 말고."

"나 이사 가기 싫은데…" 동이가 말했다.

노인이 길게 한숨 쉬며 말했다. "이사 가면 다 같이 나가서… 거 뭐야… 탕수육 같이 먹…."

그때 밥을 삼키던 말순이가 목이 막혀 캑캑거리자 동이가 얼른 부엌으로 나갔다. 노인은 말순이가 흘린 밥풀을 주워 먹으며 말했다. "그거를 누가 쫓아온다고! 천천히 먹어야지!"

동이가 부엌에서 물 주전자를 가지고 방으로 들어오는데, 대문 밖에 서 있는 낯선 자동차가 보였다. 방으로 들어온 아이가 노인에게 말했다. "할아부지, 밖에 누가 온 것 같아. 차가 서 있어."

가을이 깊어지면서 어둠은 조금씩 일찍 찾아왔다. 늘 같은 저녁이 반복되지만, 얼마 전까지만 해도 분간할 수 있었던 사위가 어느새 어둠에 잠겨 희미하게 보였다. 노인은 몸을 일으켜 밖을 살폈다. 어둠 속에 낯선 승용차가 보이고, 남자 둘이 문을 열고 내렸다. 눈동자가 불안하게 흔들리며 노인의 표정이 어두워졌다.

"동이야, 말순아." 노인이 자리에 주저앉으며 단호하게 말했다. "혹시 할애비 어디 잠깐 볼일 보러 나가도, 금방 다시 올 테니까 걱정들 말고 기다려. 그럼 꼭 와."

"할아부지 어디 가? 벌써 캄캄한데." 말순이가 물었다.

"할애비는 금방 다시 와… 동이야. 그래도 경찰은 안 된다. 경찰에 신고하면 절대 안 돼. 경찰 아저씨가 와서 물어도 암말 말아야 해." 노인이 동이의 어깨를 꽉 잡았다.

그때였다. 철문을 탕탕! 두드리는 소리가 났다. 차에서 내린 두 남자가 문을 흔들었다.

노인은 다급한 목소리로 동이에게 말했다. "뒷마당… 창고 가서 숨어."

깜짝 놀란 동이는 머뭇거리며 울먹였다. "할아부지, 왜 그래?"

"할애비 말 들어! 말순이 데리고 얼른!" 노인은 아이들 등을 떠밀며 다그쳤다.

말순이가 영문도 모르는 채 바짝 긴장하자, 동이는 동

생 손을 잡아 억지로 끌며 뒷방 문을 열고 좁은 뒷마당으로 살금살금 걸어갔다. 그 순간, 현관문이 쾅! 하고 거칠게 열리는 소리가 들렸다. 동이는 이유는 몰랐지만, 할아버지의 다급한 목소리에서 심상치 않은 낌새를 알아채곤 숨죽여 뒷마당 작은 창고 안에 숨었다. 행여 문이 열릴까 봐 안쪽에서 문고리를 쥔 동이의 손이 떨렸다.

남자들은 성큼성큼 안으로 들어와 방문을 열어젖혔다. 장발의 남자가 노인을 보고 말했다. "영감, 우리와 함께 가셔야겠어. 영감을 찾는 분이 계시거든."

"용무 있는 놈이 직접 오라 전해. 일들 더 볼 거 없으면 얼른 나가고." 노인이 성가시다는 듯이 대답했다.

두 남자는 난감해하는 표정을 짓더니 장발 남자가 방으로 들어와 어설프게 노인의 팔을 잡았다. 노인은 신경질적으로 팔을 뿌리쳤다.

"아, 씨… 왜 이래?" 장발이 짜증 섞인 목소리로 말했다.

밖에서 지켜보던 키 작은 남자도 방으로 뛰어들어와 노인의 옆구리를 잡았다.

창고 안에서는 동이와 말순이가 숨을 죽인 채 집 안에

서 들리는 소리에 온 신경을 집중하고 있는데, 그 순간 우당탕! 하고 큰 소리가 났다. 깜짝 놀란 동이가 말순이의 손을 잡고 창고 밖으로 살며시 걸어 나왔다. 뒷마당을 지나 문을 열고 들여다보니 방 안은 난장판이 되어 있었다. 그때였다. 대문 밖에서 부르릉! 하고 차의 시동 소리가 들렸다. 동이는 얼른 마당으로 뛰어나왔다. 어둠 속에 서 있던 회색 그랜저가 막 떠나고 있었다. 동이와 말순이는 차를 향해 있는 힘을 다해 소리쳤다. "할아부지!"

노인을 태운 차는 어느새 어둑해진 시골길을 덜컹덜컹 달렸다. 괴한들이 무슨 짓을 했는지, 노인은 넋이 나간 사람처럼 앉아 있었고, 옆에 있는 장발 남자가 노인의 팔목을 박스테이프로 묶고 있었다. 운전 중이던 키 작은 남자가 소리쳤다. "어? 앞에 저게 뭐지?"

누군가가 길을 막고 차의 타이어를 갈아 끼우는 중이었다. 좁은 길에 차를 비스듬히 세워서 앞으로 빠져나갈 수 없었다. 운전하던 남자가 내리려는데, 뒷좌석 남자가 급하게 제지하며 말했다. "내리지 마."

타이어를 갈아 끼우던 길동은 다가오던 차가 멀찌감치 멈춰 선 채 아무도 내리지 않자, 직감적으로 뭔가 이상한 일이 벌어지고 있다는 걸 눈치챘다.

'흠, 빨리 끝내라고 클랙슨을 울리든가 궁금해서 차에서 내리는 게 정상인데, 멀리 떨어져서 꼼짝도 하지 않으니 뭔가 구린 구석이 있는 놈들 같은데?'

작업을 마친 길동이 일어서는데, 그랜저에서 고함과 함께 둔탁한 타격음이 들리면서 차가 흔들리고 유리창이 깨졌다. 길동은 애써 모른 척하고 차에 올라 길을 터주었다. 잠시 후 그랜저가 기다렸다는 듯이 서둘러 빠져나갔다.

길동은 그랜저가 옆으로 지나갈 때 뒷좌석에서 두 사람이 엎치락뒤치락하는 장면을 놓치지 않았다.

'강원 57. 7102. 회색 그랜저. 젊은 놈 둘에 노인네 하나.' 잠시 망설이던 길동은 차에 시동을 걸고 빠른 속도로 달리기 시작했다. 어두운 시골길을 한동안 달리다 보니, 저 멀리 그랜저의 붉은 미등이 보였다. 길동은 즉시 전조등을 끄고 일정한 간격을 유지한 채 계속 그랜저의 뒤를 쫓아갔다.

그랜저는 폐허가 된 어느 공장 안으로 들어섰다. 길동

은 멀찌감치 떨어진 길모퉁이에 차를 세우고 생각을 정리했다. '아, 어떡하나? 따라 들어가야 하나?'

그때였다. 어디선가 또각또각 구두 소리가 들려왔다.

'어? 이자는 또 갑자기 어디서 나타난 거지?' 길동은 몸을 숨기고 소리 나는 쪽을 바라봤다. 한 남자가 공장 쪽으로 걸어가고 있었다. 머리카락을 깔끔하게 빗어 넘긴 헤어스타일, 검은 정장 수트에 흰 와이셔츠, 파란 넥타이를 단정하게 맨 그는 깔끔하고 지적으로 보였지만, 안경 너머로 보이는 눈동자에 살기가 서려 있었다.

남자는 공장 안으로 들어가 이리저리 둘러보더니 품에서 총을 꺼내 바닥에 쓰러져 있는 노인에게 겨누며 말했다. "영감, 그거 어디 있어?"

총을 보자 옆에 서 있던 두 사내는 잔뜩 겁을 집어먹고 마른 침을 삼켰다.

쓰러져 있는 노인은 정신을 잃은 건지 꼼짝도 하지 않았다.

총을 든 정장 남자가 시선을 돌려 우물쭈물하고 있는

장발 남자를 향해 화난 목소리로 말했다. "내가 영감한테 손대지 말라고 했지!"

"아, 때리지 않았습니다. 노인네가 하도 난리를 치는 바람에…." 말을 얼버무리는 순간, 총성이 울리고 장발 남자는 그대로 고꾸라졌다. 순간적으로 일어난 끔찍한 사건을 지켜본 키 작은 남자는 너무 놀라 아무 소리도 내지 못하고 벌벌 떨고 있었다.

갑자기 울린 총소리에 깜짝 놀란 길동은 차에서 내렸다. 살금살금 공장 쪽으로 걸어가던 길동의 발에 차였는지 마당에 쌓여 있던 쇠파이프가 구르며 소리를 내자, 공장 안에 있던 정장 남자는 매서운 눈길로 소리 나는 쪽을 바라보더니 옆에서 어쩔 줄 모르고 서 있던 키 작은 남자에게 말했다.

"야, 진호야. 너 빨리 영감 차에 태우고 먼저 가!"

'아, 뭔가 심상치 않아. 안에서 대체 무슨 일이 벌어지고 있는 거야?' 길동은 더 깊이 생각할 겨를도 없이 걸어가면서 품에서 총을 꺼내 소음기를 끼웠다. 그리고 공장 문을 박차고 들어갔지만, 안에는 이미 아무도 없었다.

'오, 누군지 몰라도 꽤 민첩한데?'

길동은 공장 안을 둘러보았다. 그때 공장 뒤쪽에서 차에 시동을 거는 소리가 들렸다. 공장 뒷문은 열려 있었고, 공장 안 축축한 바닥에는 핏자국이 선명히 보였다. 주변을 살피던 길동은 문턱에 묻은 진흙과 건초 부스러기를 발견하자 손가락으로 슬쩍 찍어 냄새를 맡아보았다.

셜록 홈스처럼 탐정 본능이 발동한 길동은 주머니에서 작은 손전등을 꺼내 불빛을 비춰가며 사방을 꼼꼼히 조사했다. 한쪽 벽에 몇 방울 피가 튀어 있었고, 바닥에 물이 고인 얕은 웅덩이가 있었다. 길동이 몸을 낮춰 눈을 가늘게 뜨고 바닥 표면을 바라보자, 물웅덩이를 밟고 지나간 신발 밑창이 남긴 발자국들이 시야에 들어왔다. 길동은 고개를 갸우뚱하더니, 이내 피식! 쓴웃음을 흘렸다.

길동이 가장 선명한 발자국을 따라가 보니 발자취가 멈춘 곳에는 대형 철제 상자가 놓여 있었다. 내용물이 무엇인지 이미 알고 있다는 듯이 길동은 뚜벅뚜벅 걸어가 확신에 찬 태도로 뚜껑을 열어젖혔다. 짐작했던 대로 총 맞아 죽은 남자 시체가 들어 있었다. 길동은 시체의 상의를 뒤져 주머니에서 지갑을 꺼냈지만, 지갑 안엔 아무것도 없었고 단지 '최태정'이라는 이름의 주민등록증만이 들어 있었다. 길동은 바지 뒷주머니에 끼어 있는 기름 묻은 장갑을 발견하고는 시체의 손을 유심히 살폈다. 손톱 밑에 검은 때가 끼어 있었다. 길동은 그 검은 때를 긁어 내 손끝으로 비비며 냄새를 맡았다.

'아, 알겠어.' 길동은 피식 웃음을 흘리고는 철제 상자의 뚜껑을 닫았다.

동이와 말순이

어느덧 어둠은 시골 구석구석에 찾아와 도로에 드문드문 서 있는 가로등 주변을 제외하고는 아무것도 보이지 않았다. 비가 오려는지 흐린 달빛조차 구름에 가려 하늘까지 컴컴했다. 차를 타고 다시 명월리 장승 앞을 지나던 길동은 중얼거렸다. '재킷 안쪽에 총집, 탄피를 남기지 않는 리볼버, 보통 사람이라면 의심하지 않고 믿을 만한 신분…. 과

연 누굴까? 동네 양아치들을 시켜서 노인을 납치했다? 이거 뭔가 냄새가 솔솔 나는데? 아, 됐어. 나하고 무슨 상관이야!

그때였다. 멀리 어둠 속에서 달려오는 작은 형체가 보였다. 여자아이였다.

'이 야심한 시각에 무슨 일로 저 어린 것이 시골길을 뛰고 있지?'

길동의 차가 아이 옆을 지나는 순간, 더 작은 여자아이가 뛰어가는 모습이 보였다. 아이는 내복 차림으로 눈물을 닦으며 필사적으로 달렸다. 길동이 룸미러로 보니 아이들은 달리기를 멈추고 방금 지나간 길동의 차를 바라보고 서 있었다.

길동은 차에서 내려 주위를 두리번거리며 중얼거렸다. '명월리 94-3. 김병덕.'

길동은 곧 어느 허름한 시골집 철문 앞에서 멈춰 섰다. 문 앞에는 빈 병과 폐지가 담긴 낡은 손수레가 놓여 있었다. 길동은 허름한 벽에 '94-3'이라고 새겨진 주소를 확인한 다음, 철문을 밀고 안으로 들어갔다. 방문 앞에는 낡은 지팡이가 세워져 있었다.

"계십니까?" 길동이 큰소리로 외쳤지만, 안에서는 인기척이 전혀 없었다. 집 안으로 들어가 둘러보니 부엌과 방에는 세간과 잡동사니가 나뒹굴고 난장판이 돼 있었다.

'흠… 여기가 분명히 김병덕의 집 맞는 것 같은데….'

좁은 방에는 구석에 쌓아둔 보따리 몇 개, 아이들 가방, 책과 공책들, 시험지, 파스 등이 어지럽게 흐트러져 있었다. 길동이 바닥에 팽개쳐진 사진첩을 주워 펼쳐보니 여자아이 둘의 사진밖에 없었다.

'어? 아까 봤던 걔들인가?' 가만히 들여다보니 조금 전밤길을 달리던 그 여자아이들이었다. 길동은 다시 방을 이리저리 살펴봤다. 문갑 서랍에 들어 있던 월세 계약서를 확인해보니 김병덕이 분명히 이 집의 계약자였다. 잠시 후, 숫자만 크게 인쇄된 달력이 길동의 시선을 사로잡았다. 지저분한 벽에 걸린 달력에는 10월 24일에 빨간색으로 X자표시가 돼 있었다. '10월 24일 유엔의 날? 촌구석에 사는 김병덕이 국제연합 기념일과 무슨 상관이지? 뭔가 다른 볼일이 있다는 건가?

길동이 어수선한 방을 이리저리 살피는데 등 뒤에서 방문 열리는 소리가 들렸다. 돌아보니 잔뜩 겁먹은 표정으로 여자아이 둘이 헐떡이며 서 있었다. 사진첩에서 보았던 바로 그 아이들이었다.

큰애가 가쁜 숨을 몰아쉬며 물었다. "아, 아저씨 누, 누구세요?"

길동은 그 순간, 사태를 완전히 파악했다. '애들은 틀림없이 김병덕의 손녀들이야. 김병덕이 아까 회색 그랜저를 타고 있던 자들한테 끌려가서 애들이 밤길을 울며불며 달렸던 거야. 근데 김병덕 너는 하필이면 왜 이 시점에 납치를 당한 거야? 내가 이십 년 만에 네 소재를 파악하고 널 끝장내려는 바로 이 순간에!

동이가 방으로 성큼 뛰어들어와 금방이라도 눈물이 쏟아질 듯한 표정으로 여기저기 어질러진 물건을 정리하기 시작했다. 말순이가 훌쩍거리며 다시 물었다. "아저씨 누구세요? 왜 남의 집에 와서 이래요?"

동이가 동생에게 말했다. "경찰 아저씬가 봐."

말순이가 울먹이며 말했다. "경찰 아저씨가 어떻게 알고 와. 우리가 신고도 안 했는데. 할아부지가 신고하지 말라고 했잖아. 언니, 이 아저씨도 나쁜 사람이야!"

'원수의 자식들이다….' 길동이 속으로 중얼거렸다. 아이들을 외면하고 밖으로 나가려던 길동은 뭔가 떠오른 듯 멈춰 서더니 천천히 돌아섰다. 차갑던 길동의 눈빛에 온기가 돌았다. 길동은 품에서 명함을 꺼내 아이들에게 보여주며 말했다. "소개가 늦었구나. 아저씨는 춘천지방법원 등기과 화천 담당 등기과 직원이야."

"등기과요?" 말순이가 엉겁결에 명함을 들여다보는데, 길동이 친절한 말투로 말을 이었다. "동진 초등학교 5학년 1반 12번 김동이, 1학년 8반 3번 김말순. 할아버지 성함이 김 병 자, 덕 자, 김병덕. 관절염에 당뇨도 좀 있으시고…. 그리고 너희 곧 이사 가지?"

동이가 놀라 물었다. "어, 어떻게 아셨어요?"

길동은 실실 웃으며 손가락 사이로 명함을 돌리기 시작했다. 두 아이는 마치 마술처럼 이리저리 손가락을 타고 움직이는 길동의 현란한 손놀림에 넋이 나가버렸다. 길동이 명함을 돌리며 말을 이었다. "이 집이 보증금 십만 원에 월세 이만 원인데… 이 동네가 곧 개발지역으로 지정되면, 토지 등 취득 및 보상에 관한 법률 시행규칙 제54조에 따른 정비구역지정 공람을 시월 이전에 해야 하는 관계로… 내가 너희 할아버지를 오늘 좀 만나야 하거든."

도무지 알아들을 수 없는 말을 속사포처럼 내뱉는 길동 앞에서 동이는 아무 말도 못 한 채 멍한 표정을 지었다. 길동이 좀 누그러진 말투로 아이들을 구슬렸다. "내가 너희 할아버지랑 잘 아는 사이야. 동이가 중간시험에서 100점을 세 개나 맞았다고 얼마나 자랑하시던지."

길동이 명함 돌리기를 멈추자, 마술에서 풀린 듯 아이들은 정신을 차렸다.

"이제야 내 말을 알아듣는구나." 길동이 씩 웃으며 말하자 말순이가 여전히 훌쩍거리며 대답했다. "나도 받아쓰기 100점 맞은 적 있어요."

"아무튼, 그래서 내가 너희 할아버지를 찾아줄 수 있을 것 같은데…" 길동이 넌지시 말했다.

동이가 놀란 듯이 되물었다. "아저씨가 우리 할아부지

찾아주신다고요?'

길동이 목소리에 힘을 주며 말했다. "내가 한 시간 안에 찾아주지. 그러려면 너희가 나랑 같이 가야 해."

동이가 머뭇머뭇 말했다. "할아부지가 집에서 기다리라고 했는데."

벌써 마당으로 내려선 길동이 뒤돌아보며 말했다. "그럼, 뭐 집에서 기다리든가."

그러자 말순이가 화들짝 놀라 길동의 옷자락을 거머쥐며 소리쳤다. "우리 할아부지 찾아주세요!"

조막만 한 손으로 바지춤을 잡고 매달리는 말순이를 보자 길동의 눈동자가 잠시 흔들렸지만, 이내 냉정함을 되찾고 속으로 중얼거렸다. '너흰 꿈에도 모를 거다. 나한테 너희가 왜 필요한지….'

"자, 그럼 아저씨가 나중에 다시 올게."

10월 20일 밤, 추적의 시작

길동은 김병덕의 집에서 나와 마을 구멍가게 앞에 멈춰섰다. 공중전화에 매달아 놓은 전화번호부에서 누군가의 전화번호를 찾는가 싶더니 이내 수화기를 들고 동전을 집어넣었다. 신호음이 들리고 상대와 연결되자 길동은 인사말도 없이 기계적으로 말했다. "강원 57 7102 회색 그랜저 차적 조회." 그리고는 수화기를 내려놓았다. 길동은 전화번호부에서 한쪽을 찢어내 주머니에 쑤셔 넣었다.

길동이 가게 안으로 들어섰지만, 주인 할머니는 손님이 온 줄도 모르고 TV 앞에 붙어 앉아 꾸벅꾸벅 졸고 있었다. 부업으로 구슬을 꿰는지 옆에는 구슬과 실타래가 가득 들어 있는 바구니가 놓여 있었다. TV에서는 대담 프로그램에서 중년 남자와 머리가 희끗희끗한 노교수가 마주 앉아 열띤 토론을 벌이고 있었다.

화면의 중년 남자가 말했다. "이거 뭐 너무 장황하게 말씀하셔서 도대체 무슨 얘긴지 갈피를 잡을 수 없군요. 광은회가 어쨌다고요?" 남자가 소매를 잡아당기며 옷매무새를 고칠 때 손목 안쪽에 11자 모양 문신이 언뜻 보였다. 길동은 반사적으로 소매를 걷고 자기 손목을 들여다봤다. 흉터처럼 어렴풋이 자국이 남아 있었다.

노교수가 말을 이었다. "광은회는 종교단체로 시작해서 꽤 오랫동안 은밀하게 세력을 불려온 비밀 조직입니다. 지금은 대부분 군부 핵심 인사들하고 관료들까지 그 조직에서 활동하고 있죠. 그래서…."

중년 남자가 노교수의 말을 끊으며 방청객 쪽으로 시선을 돌리고 빈정거리듯 말했다. "저런 음모론 같은 주장을 누가 믿겠습니까? 증권가 찌라시에 나오는 얘기처럼 근거 없는 소문을 증거도 없이 이렇게 사실처럼 주장하고 나오시면 곤란하죠."

하지만 노교수는 흔들림 없이 확신에 찬 목소리로 말했다. "치밀하게 증거를 인멸하고 있잖습니까? 그래서 더 문제라는 겁니다. 그자들은 눈에 보이지 않습니다. 상황을 전쟁으로 몰아가는 배경에 광은회가 있습니다! 그자들은 사회를 혼란으로 몰아넣어서 나라를 장악하려는 음모를 꾸미고 있어요! 그래서 광은회는 전쟁의 명분을 찾고 있는 겁니다. 거짓 명분이라도 만들어서….”

다시 중년 남자가 말을 끊었다. 목소리에 짜증이 섞여 있었다. “망상이 좀 지나치신 거 같은데, 근거도 없는 얘기를 뭘 그렇게 흥분해서 하십니까? 광은회 같은 건 없어요. 증거가 없잖습니까? 증거가 하나라도 있어야 조사를 하든가 말든가….”

한동안 화면을 응시하던 길동은 주변을 둘러보았다. 벽에 걸린 달력을 보니 거기에도 24일에 커다란 동그라미를 쳐놓았다. ‘어? 또 24일이야? 대체 24일이 무슨 날이지?’ 길동은 고개를 갸우뚱하며 캐러멜 한 통을 집어 들고 소리쳤다. “할머니!”

졸고 있던 할머니가 화들짝 놀라 반사적으로 TV를 끄며 대답했다. “응! 그래, 그래… 뭘 줄까? 그거 줄까?”

길동이 주머니에서 마지막 남은 천 원을 꺼내 할머니에게 건넸다.

“그거 삼백 원인데, 총각이 이쁘게 생겼으니 이백 원만 받을게.”

“그러실 거 없고요, 이 동네에 소 키우는 집 있어요?”

김진호를 찾아라

늦은 밤, 길동은 어느 집 외양간 앞에서 눈을 껌벅이는 소들을 바라보며 생각에 잠겼다. '이 밤중에 남의 집 외양간이나 들여다보고 있다니, 나도 참 한심하군. 하지만 이 미스터리는 이미 풀렸어. 내가 그동안 이렇게 해결한 납치 사건이 몇 건이나 될까? 자, 추리해보자. 김병덕을 납치한 두 괴한 중에 한 놈은 죽었고, 나머지 한 놈은 살아 있다. 문턱에 진흙과 건초 부스러기가 묻었다는 것은 둘 중 한 놈이 소를 기르는 집에 산다는 뜻이지. 그게 죽은 놈일까, 산 놈일까. 게다가 공장 바닥에 남은 신발 밑창 자국을 보니, 하나는 정장 구두, 또 하나는 큰 발, 죽은 최태정이 것이고… 남은 발자국은 운동화가 아니라 슬리퍼였어. 그것도 신발 치수가 작은 놈인데, 슬리퍼를 신고 있었다는 건 집에서 가까운 곳에 가려고 나왔다는 뜻이야. 그런데 이미 죽은 최태정의 손톱 밑에서 나온 때에서는 전혀 다른 냄새가 났어. 그놈이 신은 신발도 슬리퍼가 아니었지. 그렇다면 범인은 근처에 외양간이 있는 집에서 산다는 거지. 그리고 지금 난 어디 와 있지? 빙고!

길동은 질퍽거리는 마당을 가로질러 바닥에 슬리퍼가 놓여 있는 방으로 다가가 다짜고짜 문을 벌컥 열고 안으로 들어갔다. 안에서 자고 있던 사내가 화들짝 놀라 깨어나며 소리쳤다. "누구야? 당신 누구야?"

길동은 그에게 경찰 배지를 보여주며 말했다. "네가 영감을 납치했나?"

남자가 일어나서 방에 불을 켜고, 문밖에 서 있는 길동을 노려보며 물었다. "납치? 그게 대체 무슨 말이야? 증거라도 있어? 난 초저녁부터 집에서 잤다구! 그리고 당신 소속이 어디야?"

길동은 사내의 말을 듣는 둥 마는 둥 하며 물었다. "영감 어딨어?"

사내가 흠칫 놀랐다.

사내는 조금 당황한 목소리로 대답했다. "어, 뭘 좀 알고 온 것 같은데… 반장님이 지금 너 이러는 거 아셔? 넘겨짚지 마. 난 아무 짓도 안 했으니까."

길동은 속으로 생각했다. '흠… 얘네 보스가 바로 반장이

었군. 경찰이란 얘기네… 이거 뭔가 큰 건수인 것 같은데?

길동은 그 자리에 버티고 선 채 잠시 사내를 바라보다가 말했다. "내가 한 말이 넘겨짚은 게 아니란 건 네가 더 잘 알겠지. 오늘 저녁 7시 8분, 너와 네 친구 최태정이 강원 57-7102 그랜저로 김병덕을 납치했지. 납치를 지시한 사람은 그랜저 주인 수사반장. 넌 영감을 반장한테 넘긴 대가를 받으러 갔다가 니 친구가 죽어서 당황했지? 반장이 김병덕을 어디에 둔 걸까? 니가 그 차 운전하지 않았니?"

사내가 멍한 표정을 짓고 앉아 있자, 길동이 소리쳤다. "야, 나 기억 안 나?"

"에?" 남자가 놀라서 물었다.

"아까 너희가 김병덕을 납치해서 그랜저를 타고 나올 때 길을 막고 타이어 갈아 끼우던 사람이 나였는데, 기억 안 나? 야, 잘 생각해봐. 광역 수사대가 어떻게 알고 이 밤중에 그 길목을 지키고 있었을까? 그 반장이라는 놈은 우리가 이미 오래전부터 벼르던 놈이야. 한 번만 더 허튼소리 하면 네가 어떻게 될지, 말이 아니라 행동으로 보여줄 테니까 알아서 해."

길동의 말에 겁을 집어먹고 표정에 두려움이 짙게 깔린 사내가 사정하듯 말했다. "난 운전만 했어요. 정말 아무것도 모른다고요."

길동은 속으로 '어쩌면 이렇게 허술한 거짓말에 속을 수 있을까'라고 생각하며 말을 꾸며댔다. "이제 반장 놈한테 전화 오면 대충 얘기해서 끊고, 김병덕이 어딨는지 나한테 말해주면 돼."

바로 그때 거짓말처럼 전화벨이 울렸다. 사내는 흠칫 놀라 길동을 바라보았다. 길동은 눈짓으로 어서 받으라고 신호했다. 사내가 잔뜩 주눅이 든 목소리로 전화를 받았다. "네, 김진홉니다." 그리고 길동의 눈치를 살피며 수화기에 대고 대답했다. "네, 차는 잘 됐죠. 네. 네. 트렁크에. 네, 그럼 어제 만났던 거기서 뵙겠습니다." 사내는 전화를 끊었다.

길동이 사내에게 다가가며 물었다. "진호야, 네가 가져간 차 어디 있냐, 차 키 갖고 나와. 뭐, 이런 얘기 아니었어? 자, 말해봐. 어디서 만나기로 했어?"

사내는 겁먹은 듯 잔뜩 움츠러든 목소리로 대답했다.

"어디냐면…."

그때였다. 뒤에서 갑자기 동이 목소리가 들렸다. "아저씨!"

이어서 말순이 목소리도 들렸다. "등기과 아저씨! 여기 있는 거 다 알아요! 우리 할아부지 찾았어요?"

동이와 말순이는 문을 열고 안을 들여다보더니 실망했다는 표정을 지었다. 길동은 어이가 없다는 듯 아이들을 바라보았다.

어리둥절해진 사내가 영문을 모르겠다는 듯한 표정으로 물었다. "니들 뭐야? 등기과라니?"

말순이가 아는 척하고 나섰다. "어… 이분은 춘천지방법원 등기과 화천 담당 등기과 직원이시고요. 저는 김말순인데요. 우리 할아부지가…."

사내가 말순이의 말을 가로채며 길동에게 대들었다. "뭐야. 당신 진짜 광역수사대 형사 맞아? 어쩐지 좀 이상하더라. 뭐야 너?"

당황한 길동이 겸연쩍은 얼굴로 말했다. "일단 어디서 만나기로 했는지만 알려주면…."

사내가 소리쳤다. "시끄러워! 어서 썩 나가지 못해?" 사내는 주머니에서 작은 칼을 꺼내 들고 위협했다. "뒈지기 싫으면 꺼져!"

칼을 보자 동이와 말순이는 잔뜩 겁을 집어먹고 뒤로 물러서며 길동을 쳐다보았다. 길동은 잔뜩 짜증이 난 듯 투덜대며 밖으로 나왔다. '일단 가주마. 나중에 보자, 김진호.'

길동이 차에 오르자 기다렸다는 듯이 두 꼬마가 따라와 뒷좌석에 올라탔다. 길동이 깜짝 놀라 뒷좌석을 돌아보며 소리쳤다. "너희 뭐야?"

하지만 말순이는 아랑곳하지 않고 앞 좌석 등받이에 팔을 걸치고 몸을 앞으로 내밀며 길동에게 물었다. "아저씨, 아까 왜 아저씨가 형사라고 거짓말했어요?" 길동이 인상을 찌푸렸다.

말순이가 동이를 바라보며 말했다. "언니, 이 아저씨 이상한 사람 같아." 동이도 불안한 듯 길동을 쳐다보다가 책가방을 무릎 위에 올려놓고 가방 속 물건들을 살폈다. 빠진 것이 없는지 살피던 동이는 낡은 사진첩을 확인하고는 다시 가방 속에 넣었다. 말순이가 물었다. "언니, 그 사진첩은 왜 가지고 왔어?" 그러자 동이가 핀잔하듯 말했다. "도둑이 가져가면 어떡해."

길동은 마뜩잖다는 듯 룸미러에 비친 아이들을 노려보며 중얼거렸다. '젠장! 저 꼬맹이들이 다 된 밥에 코를 빠트렸어. 저것들을 그냥 꽁꽁 묶어서 트렁크에 넣어버릴까? 아, 아니지, 그랬다가 기절이라도 하면 곤란해.'

그렇게 얼마나 시간이 지났을까. 아이들은 긴 하루를 보내기가 힘겨웠는지 뒷좌석에서 깊은 잠에 빠졌고, 길동도 깜빡깜빡 졸면서 선잠을 잤다. 본능적인 직감이 작동한 것일까…. 갑자기 눈을 뜬 길동은 차창 너머로 시선을 옮겼고, 바로 그 순간 진호가 저 멀리서 집을 나서고 있었다. 길동은 서둘러 차 문을 열고 밖으로 나갔다. 어느새 잠이 깼는지 동이와 말순이도 눈을 비비며 일어났다. 말순이가 문을 열고 나오면서 말했다. "우리도 같이 가면 안 돼요?"

길동은 동이와 말순이를 차 안으로 밀어 넣고 문을 쾅! 닫으며 말했다. "너희는 여기서 얌전히 기다리고 있어!"

길동은 동트기 전 어두운 길을 바삐 걸어가는 진호를 뒤쫓기 시작했다. 머릿속은 여러 가지 생각으로 복잡했다. '경찰이 연행도 아니고 납치를 한다? 죽이지 않고 은밀히 데려갔으니 원한이나 복수는 아니야. 어디 팔아먹지도 못하고, 뭘 뜯어낼 것도 없는 노인네를 납치한 이유가 뭘까? 돈 때문은 아니야. 영감이 뭘 알고 있거나, 뭘 가지고 있어.'

길동은 진호의 그림자를 놓치지 않았다. 사실 이런 일이라면 이력이 났다고 할까. 길동의 몸은 유별나게 예민했다. 어릴 때 기억은 깡그리 잃었지만, 몸의 기억만은 남아 있었다. 어쩌면 몸이 정신보다 더 정직하다는 말은 진실인지도 모른다. 배운 기억은 없지만, 소리에 즉시 반응하는 반사 신경, 활처럼 유연하게 휘는 등과 허리, 누구보다도 민첩한 동작 등 이런 것들은 길동이 기억하지 못할 뿐, 걸음마를 떼기 시작했을 때부터 훈련받아온 결과였다.

진호는 익숙한 듯 골목을 요리조리 지나며 한참을 걷더니 골목 끝 언덕 너머 숲 속으로 사라졌다. 길동도 숲으로 향했다. 숲 한가운데 공터에 회색 그랜저가 세워져 있었다. 그랜저를 보자 길동은 걸음을 멈추고 나무 뒤로 재빨리 몸을 숨겼다.

진호는 그랜저 조수석에 올라탔다. 진호가 운전석에 앉아 있는 반장에게 말했다. "어젯밤에 누가 찾아왔어요."

반장이 물었다. "누가?"

진호가 떨리는 목소리로 말했다. "몰라요. 김병덕이 어딨냐고 물어봐서 모른다고 했는데…. 암튼 제가 쫓아버렸습니다."

숨죽인 채 이들의 거동을 살피던 길동의 귀에 희미하게 아이들 목소리가 들렸다.

"아저씨! 아저씨!"

'이런 젠장!' 길동이 인상을 쓰며 눈을 질끈 감았다.

반장은 뭔가 수상한 낌새를 알아챘는지 고개를 갸우뚱하더니 손을 가만히 품으로 가져가며 진호에게 물었다. "너 여기까지 걸어왔어?"

"네… 왜요?"

진호의 말이 끝나기가 무섭게 반장은 순식간에 품에서 권총을 꺼내 진호의 머리에 대고 방아쇠를 당겼다.

탕! 하는 소리와 함께 차 안에서 번쩍하는 불빛을 보고 놀란 길동은 재빠르게 몸을 일으켜 차를 향해 달렸다. 그와 거의 동시에 반장은 재빨리 기어를 넣으며 자동차의 백미러를 살폈다. 길동은 차를 향해 총을 쏘았다. 픽! 하고 그랜저의 사이드미러가 날아갔다. 반장은 가속 페달을 밟았다. 길동은 달리는 차를 향해 계속 총을 발사했다. 와장창! 이번에는 그랜저의 뒷유리가 깨졌지만, 차는 더 빠른 속도로 달렸다. 길동은 가쁜 숨을 몰아쉬며 멈춰 섰다. 반사적으로 손목시계를 들여다보고 확인한 시간은 6시 17분이었다.

언제 쫓아왔는지 동이와 말순이도 가쁜 숨을 몰아쉬며 길동에게로 뛰어왔다. 길동은 아이들을 무시한 채 주머니를 뒤지며 중얼거렸다. '귀찮아, 귀찮아, 죽고 싶을 만큼 귀찮아. 너무 귀찮아서 사람이 죽을 수도 있을까? 코앞에서 김병덕을 놓치다니, 그것도 두 번씩이나! 캐러멜도 없어졌어. 뛰다가 주머니에서 빠졌나? 아, 되는 일이 없어!'

길동은 아이들을 데리고 차로 돌아가 시동을 걸었다. 새벽길을 달리는 사이에 말순이는 다시 잠들었고, 수첩을 꺼내 뭔가를 열심히 적던 동이가 조심스럽게 길동에게 물었다. "아저씨, 우리 지금 어디 가는 거예요?"

길동은 아무 대답을 하지 않고 숲길을 계속 달리다가 작은 다리에 다다랐다. 길동의 시선이 잠시 다리 아래로 향했다. 동이가 물었다. "우리 할아부지 잘 계시는 거죠?"

생각에 잠겨 길동이 낮은 목소리로 말했다. "야!"

"네?" 동이가 대답했다.

"시끄러워!" 길동이 소리쳤다.

조금 무안해진 동이가 수첩을 챙겨 가방에 넣으려는데 가방에서 동전 소리가 짤랑거렸다.

"잠깐만… 너 그거 돈이야?"

10월 21일 오전, 보성장 여관

흐린 구름은 어느덧 사라지고, 높아진 하늘에 시원한 바람이 코끝을 스치는 청명한 가을날, 환한 보성장 마당에는 용달차가 서 있었고, 짐칸에는 의자, 소파, 서랍장 등 먼지투성이 낡은 가구들이 쌓여 있었다. 사십 대쯤 돼 보이는 덩치 큰 여관 주인은 수심이 가득 찬 표정으로 가구들을 내렸다. 그때 자동차 한 대가 마당으로 들어서자 주인은 하던 일을 멈추고 서둘러 여관 프런트로 달려갔다.

길동이 차에서 내리자 동이와 말순이도 가방을 들고 길동의 뒤를 쪼르르 쫓아갔다. 여관 안쪽 좁은 로비에는 가구들이 쌓여 있었다. 길동은 접수대로 다가가 여관 주인에게 말했다. "전화 있는 제일 큰 방으로 주세요. 하루 묵을 겁니다."

어느새 접수대 뒤에 앉아 있는 여관 주인이 웃으며 말했다. "아침에 까치가 울더니 좋은 손님들이 오셨네. 허허⋯ 팔천오백 원입니다."

접수대에 기대 서 있던 길동이 턱으로 신호하자, 동이가 깡통에서 꼬깃꼬깃 접힌 지폐와 동전을 꺼내 건넸다. 여관 주인이 고개를 갸우뚱하며 돈을 받으려고 뻗은 팔뚝에 문신을 지운 자국이 있었다. 길동은 속으로 생각했다. '돈이 없어서 가구는 어디서 주워 왔고, 개업한 지 얼마 되지 않고, 문신을 지웠다⋯. 과거를 감추고 싶은 조폭? 게다가 거스름돈 계산도 제대로 못 하는 걸 보니 머리도 나쁘군.'

여관 주인은 아이들을 내려다보며 말했다. "애고, 이 도토리 같은 녀석들… 가만 있어 봐."

주인은 뒤쪽 옷걸이에 걸린 외투 주머니를 뒤져 캐러멜을 꺼냈다. "내가 담배 끊으려고 사둔 건데, 너희가 가져가 먹어라." 주인은 동이에게 캐러멜을 주다가 길동을 흘깃 보며 말했다. "따님들이우? 아니면 조카들?"

말순이가 얼른 말을 받았다. "아닌데요? 우리 할아부지를 누가 납치했는데요, 이 아저씨가…."

길동이 황급히 말순이의 입을 막았다. 길동은 치미는 화를 억누르며 상의 안주머니에서 신분증을 꺼내 주인에게 보여줬다. "나는 검사요."

동이와 말순이가 깜짝 놀라 길동을 쳐다보았다. 길동이 아주 중요한 비밀이라도 들려주듯이 여관 주인에게 고개를 숙이고 조용조용 말했다. "납치 피해자 자녀를 며칠간 보호하는 중이에요. 검사가 이런 일까지 해야 하나 싶긴 하지만, 그럴 만한 사정이 있어서…."

여관 주인이 속삭이듯 말을 받았다. "아, 알겠습니다, 검사님."

길동은 방 열쇠를 가로채듯 받아 동이와 말순이를 데리고 계단을 올라갔다.

아이들을 앞세우고 203호로 들어간 길동은 침대 옆 테이블로 다가갔다. 별 모양 장식이 새겨진 작은 테이블에는 검은색 전화기, 휴지 상자, 그리고 메모지와 모나미 볼펜이 놓여 있었다. 길동은 주머니에 넣어뒀던 전화번호부 쪽지를 꺼내 들여다보며 중얼거렸다. '월계리, 구담리는 너무 멀고…' 길동은 제외해야 할 번호들을 볼펜으로 하나하나 지워나갔다. 결국, 남은 차량 정비소 전화번호는 다섯 개뿐이었다. 길동은 전화기의 다이얼을 돌리기 시작했다.

길동의 행동을 빤히 쳐다보던 말순이가 입을 삐죽거리며 말했다. "아저씨는 진짜 거짓말을 밥 먹듯이 하는 거 같아요. 왜 그래요?"

그러자 동이가 말순이의 말을 가로챘다. "아저씨. 어제 한숨도 못 주무셨는데, 이제 좀 주무세요."

길동은 동이와 말순이에게 눈을 흘기며 수화기에 대고 말했다. "여보세요? 태정이 좀 바꿔주세요."

"태정이? 그런 사람 없는데요?" 수화기로 이런 말이 들리자마자 길동은 전화를 끊고는 볼펜으로 그 번호를 지우더니 다음 번호로 전화를 걸었다.

"여보세요? 태정이 좀 바꿔 주세요."

"태정이? 그게 누구야?" 길동은 곧바로 전화를 끊었다.

그때였다. 문에서 똑똑! 노크 소리가 들렸다. 동이가 문을 열어주니 여관 주인이 서 있다가 안을 흘금흘금 살피며 슬금슬금 들어서더니 길동에게 말했다. "검사님. 저기, 제가 잠깐 드릴 말씀이…."

길동이 주인을 보고 억지 미소를 지었다. "제가 지금 좀 바쁜데…."

"바쁘신데 죄송합니다. 제가 좀 성격이 급해서… 사실 제가 왕년에 주먹 세계에 있었는데, 지금은 완전히 손을 씻었지요…."

메모하는 습관이 있는 동이는 가방에서 작은 수첩과 연필을 꺼내 여관 주인이 하는 말을 그대로 받아 적었다. 길동은 여관 주인의 말을 듣는 둥 마는 둥 하며 다시 다이얼을 돌렸다. 여관 주인이 말을 계속했다. "제가 돈도 없이 급하게 개업하느라 준비를 제대로 못 했어요. 솔직히 이 가구도 저기 좀 이상한 곳에 가면 방치된 것들이 있어서 가져왔죠. 깨끗이 닦고 고치면 새것이나 다름없어요."

길동은 전화기를 귀에 댄 채 주인에게 말했다. "그래서 하실 말씀이 뭐에요?" 하지만 그새 전화가 연결됐는지 길동은 수화기에 대고 말했다. "여보세요? 태정이 좀 바꿔주세요."

여관 주인은 말을 계속했다. "아까 의자를 몇 개 가지러 갔다가 거기 좀 수상한 걸 봐서…."

"태정이? 오늘 안 나왔는데?" 길동은 수화기에서 들리는 소리에 바짝 긴장하며 반사적으로 전화번호부의 번호에 표시하고 나서 수화기를 내려놓았다. '태광 정비소라… 홍! 태정이라는 자는 오늘 당연히 못 나왔겠지.'

길동이 어색하게 서 있는 여관 주인에게 말했다. "사장님, 제가 좀 바쁜데, 그 얘기는 나중에 할까요?"

동이가 문 쪽으로 가는 길동에게 물었다. "어디 가세요?"

길동은 여관 주인을 흘깃 바라보고는 아이들에게 말했다. "여기서 얌전히 기다려."

말순이가 씩씩한 목소리로 대답하며 길동의 바지춤을 잡았다. "내가 따라가서 얌전히 있을게요."

어느새 가방을 둘러맨 동이는 벌써 따라나설 태세였다.

10월 21일 오후, 태광 정비소

길동이 차를 타고 도착한 태광 정비소는 마을에서 조금 떨어진 인적 드문 외곽에 자리 잡고 있었다. 길동이 차에서 내리자 동이와 말순이도 따라 내렸고, 말순이는 아무 거리 낌 없이 슬쩍 길동의 손을 잡았다. 길동은 화들짝 놀라 말순이의 손을 뿌리쳤다. 말순이는 잠깐 머쓱했지만, 금세 다정한 목소리로 무릎을 걷어 보여주며 말했다. "아저씨. 나 어제 넘어져서 무릎 까졌다?"

길동은 말순이의 말을 듣는 둥 마는 둥 하며 정비소로 걸어갔다. 참새처럼 종종걸음으로 쫓아오는 아이들을 돌아보며 길동이 말했다. "너희들 잠깐 이리 와봐."

길동이 동이와 말순이를 마당 구석으로 데려가자, 아이

들 표정이 금세 굳어졌다. 두 꼬맹이를 벽 쪽으로 밀어붙인 길동이 살벌한 목소리로 말했다. '너희들 할아버지를 찾겠다는 거야 말겠다는 거야?'

말순이가 대뜸 대답했다. "찾겠다는 거요."

"그런데 계속 이런 식으로 나오면 못 찾아. 알겠어? 협조할 능력이 없으면 일하는 아저씨 발목은 잡지 말아야지, 안 그래?" 길동이 아이들 눈을 들여다보며 위협적으로 말했다.

"아저씨는 맨날 거짓말만 하면서!" 말순이의 말에 길동이 언성을 높였다. "이런 일은 원래 그렇게 하는 거야! 모르면 좀 가만히 있어!"

아무 말 없던 동이가 걱정스러운 표정으로 입을 열었다. "근데… 우리 할아부지 지금 잘 계시는 거죠?"

길동은 한숨을 푹 쉬더니 아무 말 없이 혼자 마당을 가로질러 정비소 쪽으로 걸어갔다. 건물 앞에서 고개를 돌려 구석에 어색하게 서 있는 아이들을 한번 바라보고는 주위를 둘러보며 혼잣말을 했다. '손톱 밑에 찌든 기름때, 윤활유 냄새나는 장갑… 죽은 최태정은 이 정비소에서 일했던

게 틀림없어.'

그 순간, 길동은 흠칫하더니 품에서 권총을 꺼냈다. 마당 구석에 뒷유리가 깨진 7102 회색 그랜저가 주차돼 있었던 것이다. 길동은 경계 태세를 갖추고 차에 다가가 조심스럽게 안을 살폈다. 하지만 아무것도 눈에 띄지 않았다. 길동은 차의 콘솔 박스를 열고 트렁크 잠금장치를 해제해 트렁크 안을 들여다보았다. 거기에도 역시 아무것도 없었지만, 바닥에 핏자국 같은 것이 보였다. 길동은 손가락으로 핏자국을 쓸어보며 중얼거렸다. '흥! 영감이 뭔가를 감추고 있는 건 분명하군.'

길동은 손목시계로 시간을 확인하다가 인기척 소리를 듣고 화들짝 놀랐다. 정비소 사무실 유리창 너머로 사람 모습이 어른거렸다. 길동은 사무실로 다가가 조심스럽게 문을 열었다. 정비소 사장인 듯한 남자가 엉거주춤한 자세로 일어서며 말했다.

"아, 자동차 수리하러 오셨습니까? 오늘은 정비 기사가 결근해서 당장은 수리가 어렵겠는데요?"

길동은 빠르게 실내를 둘러보았다. 이곳에 걸린 달력에

도 24일에 동그라미 표시가 되어 있었다.

길동이 달력을 가리키며 남자에게 물었다. "24일… 이 날이 무슨 날입니까?"

정비소 사장은 다리를 절룩이며 몇 걸음 앞으로 걸으며 대답했다. "아, 그날 군수님이 오셔서 아주 중요한 연설을 하신다고 명월리 사람들더러 다 모이라고 합디다. 요즘 분위기가 가뜩이나 흉흉한데, 뭔 연설을 오밤중에 하신다는 건지…."

길동은 바깥으로 시선을 돌리며 물었다. "아, 그렇군요. 근데 저기 밖에 있는 저 그랜저는 언제 들어온 겁니까?"

사장이 대답했다. "저 차는 아침 일찍 반장님이 맡기고 가신 건데… 그건 왜 묻소?"

길동은 뭔가 잠시 생각하는 것 같더니 사장에게 단호한 목소리로 말했다. "견적서 좀 봅시다."

사장이 길동을 멀뚱히 쳐다보는데 말순이 목소리가 들렸다. "이 아저씨는 형사님이세요."

길동이 깜짝 놀라 뒤를 돌아보니 사무실 문틈으로 동이와 말순이가 빼꼼히 고개를 들이밀고 안을 들여다보고 있

었다. 길동은 기가 차서 거칠게 숨을 내쉬었다. 동이와 말순이는 길동의 반응은 아랑곳하지 않고 슬그머니 사무실 안으로 들어왔다.

"그냥 형사님이 아니라 강력계 형사님이세요." 말순이가 말했다.

동이가 말순이의 귀에 대고 물었다. "강력계가 뭐야?"

말순이가 잘난 체하며 대답했다. "응, 강력한 형사라는 뜻이야."

정비소 사장이 어리둥절한 표정을 짓자 길동이 이를 악물고 말순이에게 속삭였다. "야! 제발 입 좀 다물어!"

말순이도 맞받아쳤다. "왜요? 협조하라고 해서 협조하는 건데."

길동은 말순이와 말싸움하기를 포기한 듯 안쪽 주머니에서 경찰 배지를 꺼내 정비소 사장에게 보여줬다. "네, 본청 소속 경찰입니다. 7102 차주는 이곳 경찰 맞죠? 잠깐 조사할 게 있어서 그러니 연락처와 주소 좀 알려주세요."

사장이 견적서 사본을 건네며 의아하다는 듯 물었다. "저 차가 무슨 사건에라도 연루됐습니까?"

그러자 또 말순이가 끼어들었다. "우리 할아부지가요, 나쁜 놈들한테 잡혀가서요, 여기 형사님이 찾아주시는 거예요."

동이가 말순이를 툭 치며 말을 막았다. "말하면 어떡해? 아저씨가 그건 말하지 말랬잖아."

깜짝 놀란 사장의 목소리가 높아졌다. "뭐? 너희 할아버지가 납치되셨다고?"

길동이 이젠 할 수 없다는 듯이 순순히 말했다. "네, 그렇습니다."

"이 애들 할아버지가 납치됐어요?" 사장이 다시 물었다.

길동과 아이들이 동시에 고개를 끄덕이자 사장이 다시 물었다. "그럼, 저 차 주인이 범인?"

길동이 짜증 섞인 목소리로 언성을 높였다. "네! 그러니까 빨리 차주 주소나 알려줘요!"

길동은 견적서에 적힌 시간을 확인했다. 7시 5분. '일찍도 찾아왔네. 정비소 문도 열지 않은 시각에 찾아와 차를 맡겼다? 그 반장이라는 자는 성격이 급한 놈이다. 얼른 수리를 마치고 싶었던 꼼꼼하고 간간한 성격의 소유자.'

3장. 강성일

10월 21일 저녁, 강성일과 홍길동

은은한 조명이 실내를 밝히고 있었다. 거실 한쪽 벽에는 액자에 든 추상화가 걸려 있고, 천장에는 화려하지는 않아도 매우 고급스러워 보이는 샹들리에가 빛나고 있었다. 가구는 별로 없었지만, 뭔가 이국적인 분위기가 풍겼다. 남자는 의자에 앉아 전화기에 대고 뭔가 못마땅하다는 듯이 소리쳤다. "계속해, 찾을 때까지 계속해!"

남자는 수화기를 내려놓고, 테이블 위에 있던 갈색 서류 봉투를 들고 일어나 책상 서랍에 넣었다. 그리고 창으로 다가가 버티칼 커튼을 조절해서 열고 4층 아래를 내려다봤다.

아파트 건물 주차장에서 차에 타고 있는 길동은 버티칼 커튼이 열린 4층 유리창을 올려다보고 있었다. 차 뒷좌석에 앉은 동이가 말을 건넸다. "아저씨, 어떻게 이렇게 빨리 범인 찾으셨어요? 아저씨 정말 강력한 형사인 거 같아요. 그치 말순아?"

옆에 앉은 말순이가 대답했다. "강력하긴 한데, 쫌 이상한 형사야."

길동이 침착하게 말했다. "너희가 보기에 내가 좋은 사람 같아?"

동이가 답했다. "네."

"잘못 짚었어. 그리고 내가 마지막으로 경고하는데, 한 번만 더 내가 하는 일에 끼어들면 혼날 줄 알아!"

길동의 말에 말순이가 또 끼어들었다. "아저씨, 근데 사실은 형사가 아니라 등기과 직원 맞아요?"

길동이 짜증 섞인 목소리로 이를 악물고 답했다. "그래, 등기과 직원 맞으니까, 이 사람 저 사람한테 떠벌리고 다니지 좀 마!"

동이가 침착하게 말했다. "그래도 그 아저씨들이 도와

주실 수도 있잖아요."

길동이 말을 가로막으며 언성을 높였다. "도와줄 수도 없고, 도와주지도 않을 테니 제발 입 좀 다물어."

그 순간, 말순이가 길동에게 슬쩍 캐러멜을 내밀며 말했다. "아까 이거 흘끔흘끔 보시던데, 드시고 싶은 거 아녔어요?"

잠시 망설이던 길동은 아무 말 없이 검은 서류가방을 챙겨 차 문을 열고 밖으로 나갔다. 동이와 말순이도 문을 열려고 하자, 길동이 아이들을 저지하며 말했다. "아, 너희는 제발 좀 차에 남아 있어!"

호기심 많은 말순이가 가방을 가리키며 물었다. "그 가방에 뭐 들었어요?"

"아무것도 안 들었어!" 길동이 차 쾅! 하고 문을 닫았다.

어두운 아파트 계단을 4층까지 걸어 올라간 길동은 401호 앞에 섰다. 곧 사방을 둘러보고는 주머니에서 핀 두 개를 꺼내 열쇠 구멍에 넣고 돌렸다. 순식간에 찰칵! 하고 문이 열렸다.

아파트 거실에 앉아 생각에 잠겨 있던 남자는 문에서 소리가 나자, 본능적으로 테이블 위 서류철 사이에 놓여 있던 총을 집어 들고 문 쪽으로 다가갔다. 그리고 조심스럽게 손잡이를 잡더니 문을 확! 열어젖혔다. 하지만 복도에는 아무도 없었다. 남자는 정면을 향해 총을 겨눈 채 두리번거리며 복도를 살폈다. 그 순간 복도 끝에서 뭔가 툭! 떨어지는 소리가 났다. 남자는 살금살금 복도 끝까지 걸어가 비상구로 통하는 문을 열어보려 했지만, 단단히 잠겨 있었다. 남자는 안심하고 집으로 돌아와 문을 단단히 잠갔다. 그런데 남자가 거실로 들어와 보니 테이블에 놓여 있던 서류들이 사라졌고, 책상 서랍도 모두 열려 있었다. 바로 그 순간, 뒷덜미에 차고 묵직한 것이 느껴졌다.

길동이 남자의 목 뒤에 총을 겨눈 채 말했다. "김병덕 어딨어?"

남자는 아무 말도 하지 않았다.

길동이 손에 든 서류 한 장을 힐끗 보며 말을 이었다. "화천 경찰서 강력1반 강성일 경위. 너희들이 지금 무슨 음모를 꾸미고 있는지 난 관심 없어. 김병덕만 넘기면 조용히 사라져줄게."

길동은 민첩한 동작으로 강성일이 손에 들고 있던 총을
빼앗아 능숙하게 총알을 제거하더니 서류, 수첩과 함께 쓸
어 모아 가방에 쑤셔 넣었다. 이 모든 작업이 순식간에 끝
났다.

강성일은 긴장했지만 애써 느긋하게 길동을 바라보면
서 의미심장한 미소를 띠었다. 그의 묘한 시선에 길동도 씩
웃으며 입꼬리가 올라갔다.

강성일이 물었다. "김병덕은 왜 찾아?"

길동이 대답했다. "뭐라는 거야, 이 자식이! 그런 건 너
따위가 알 필요 없어."

"너 홍길동이지?" 강성일이 말을 자르며 메마른 목소리
로 물었다.

길동의 눈동자가 흔들렸다. 강성일이 길동에게 다가가
며 다시 물었다. "김병덕 찾아서… 왜? 복수하려고?"

길동이 언성을 높였다. "너, 정체가 뭐야?"

"예전 일을 전혀 기억하지 못한다고 들었는데, 영감 얼
굴은 안 잊었나? 그렇지, 그때 일을 어떻게 잊겠어?"

그 순간, 길동이 강성일을 향해 방아쇠를 당겼다. 그의 뒤쪽 벽에 있던 장식품이 와장창 깨지면서 날카로운 소리를 냈다. 하지만 그는 별로 놀라는 기색도 없이 태연했다.

　　강성일이 웃음을 흘리며 자리에서 일어나려고 하자, 길동이 소리쳤다. "꼼짝 마!"

　　하지만 강성일은 아랑곳하지 않고 길동 쪽으로 다가오며 말했다. "지금 뭐 하는 거야? 쏘려면 날 쏴야지, 애꿎은 골동품은 왜 작살을 내나?"

　　길동은 다시 한 번 방아쇠를 당겼다. 그 순간, 강성일은 번개처럼 달려들어 길동의 팔목을 잡아 꺾었다. 총을 놓친 길동이 바닥에 떨어진 총을 집으려 하자, 강성일은 민첩하게 발로 총을 차버렸다. 길동은 흠칫 놀라 한 걸음 뒤로 물러섰다. 강성일은 미소를 머금은 채 길동에게 다가가며 빈정거렸다. "내가 널 어떻게 알고 있을까?"

　　그가 말을 끝내기도 전에 길동의 주먹이 강성일의 얼굴을 향해 날아갔다. 하지만 그는 가볍게 피하며 길동의 목을 잡아 바닥에 내리꽂았다. 길동은 쾅! 하고 넘어지며 고통스러워 숨도 제대로 쉬지 못했다. 곧이어 강성일의 매서운 발길질이 날아왔고, 길동은 바닥을 훑으며 밀려가 둔탁한 소리를 내며 벽에 부딪혔다. 평소에 누구보다도 민첩하고 맞대결에서 밀린 적이 없었던 길동이었지만, 강성일은 결코 만만한 상대가 아니었다. 길동은 정신을 차리려 애썼다. '감히 날 쓰러뜨리다니, 보통내기가 아니군. 그렇다고 여기서 물러설 내가 아니지.' 길동은 다시 한 번 날아온 강성일의 발길질을 재빨리 피했고, 그의 헛발질은 결국 서랍장을 쾅! 하고 부서뜨렸다. 그 순간 강성일이 뒤춤에서 칼을 꺼냈다. 그는 뒤로 물러선 길동에게 말했다. "네가 만약 여기서 살아 나간다면 한번 잘 생각해봐. 영감이 어디 있는지, 네가 누군지! 이 두 가지 질문에 대한 대답은 이미 네가 가지고 있어, 알겠나?"

강성일의 칼이 날아왔다. 길동은 순간적으로 의자를 들어 방어했지만, 밑바닥을 관통한 칼날이 길동의 뺨을 스쳤다. 강성일이 자세를 바꿔 옆차기를 날리자 의자가 부서지며 길동은 타격을 받고 바닥에 나뒹굴었다.

길동은 복부에 심한 통증을 느꼈다. 강성일은 다시 길

동을 향해 칼을 겨누다가 이상한 느낌이 들었는지 멈칫했다. 언제 다쳤는지 귀가 찢어져 피가 뺨을 타고 흘러내리고 있었다.

길동이 바닥에 떨어진 권총을 재빨리 낚아챘을 때 강성일이 길동의 손목을 내리쳤고, 권총이 길동의 손에서 떨어지며 발사된 총알이 천장으로 날아가 명중한 샹들리에가 떨어져 와장창! 소리를 내며 산산이 부서졌다. 강성일은 재빨리 몸을 날려 권총을 주워들고 길동을 향해 쏘았다. 하지만 어찌 된 일인지 길동의 모습이 순식간에 사라져버렸다. 강성일은 주위를 살피다가 창가로 다가가 밖을 내려다보았다. 주차돼 있던 길동의 차는 이미 사라진 뒤였다.

"아버지, 길동이랑은 대련하기 싫어요." 일동이는 못마땅하다는 듯이 불평했다. 아버지가 말했다. "길동이가 어리다고 만만하게 보면 안 돼. 봐주기 없기야."

일동의 친모가 죽자, 홍상직은 길동 모자를 집으로 불

러들였다. 하지만 일동이는 새엄마를 끔찍하게 싫어했다. 어느 날 갑자기 동생이라고 집에 들어와 졸졸 따라다니는 길동이도 싫었다. 게다가 길동이는 자기보다 운동도 잘하고, 몸집도 더 크고, 외모도 준수했으니 눈엣가시 같은 존재였다.

어느새 도복으로 갈아입고 나온 길동이 자세를 취했다. 일동이도 어쩔 수 없이 자세를 취했다. 아버지의 "시작!" 구령과 함께 "얏!" 하고 기합을 넣으며 달려든 쪽은 이제 겨우 여섯 살배기 길동이었다. 일동은 본능적으로 길동이의 다리 공격을 피했지만, 중심을 잃고 휘청거렸다. 부끄러운 모습을 보여 자존심이 몹시 상한 일동이는 길동에게 달려들어 주먹을 날렸다. 하지만 일동의 공격을 간단하게 막아낸 길동이는 일동의 복부를 강타했다. 일동이는 몹시 아팠지만 이를 악물고 길동의 정강이를 걸어찼다. 길동이는 윽! 하고 신음하며 뒤로 물러섰다. 일동이 기회를 놓치지 않고 발차기로 길동의 복부를 공격한 찰나, 길동은 어느새 공중으로 날아올라 주먹으로 일동의 안면을 가격했다. 일동은 고통을 느낄 겨를도 없이 정신이 아뜩해지면서 바닥에 쓰

러졌다. 아마도 그때부터였을 것이다. 일동이 길동을 가족
이자 원수로 생각하기 시작한 것은.

10월 22일 새벽, 암호 해독

길동은 여관으로 돌아오자마자 쓰러져버렸다. 말순이
가 수건으로 길동의 얼굴에 묻은 피를 닦아줬다. 동이는 약
을 구해 오겠다며 밖으로 나갔다.

아이가 겁에 질린 채 벽의 갈라진 틈새로 바깥을 엿보
고 있다. 어둠 속에 한 남자가 서 있고, 그 앞에 여자가 바닥
에 쓰러져 신음하고 있다. 여자를 알아본 아이 숨소리가 점
점 더 거칠어진다. 남자가 고개를 들자 얼굴이 선명하게 보
인다. 남자의 왼쪽 눈동자가 허옇게 변해 실명 상태인 것처
럼 보인다. 그 흉악한 얼굴을 보자 아이는 몸서리친다. 남

자의 손에 총이 들려 있다. 당시 중년이었던 김병덕의 손목에 11자 모양의 문신이 보인다. 그가 살기를 띠고 총을 겨누자 여자가 소리친다. "어서 도망가. 길동아. 넌 살아야 해. 꼭 살아서 다신 이런 일이 일어나지 않게 해야 한다." 그 순간, 탕! 하고 총성이 울린다.

의식을 잃었던 길동이 갑자기 비명을 지르며 깨어났다. 말순이가 수건으로 길동의 얼굴을 닦아주다 말고 눈치를 살폈고, 동이가 반창고와 소독약을 들고 앉아 있었다. 동이가 반창고를 내밀며 말했다. "아저씨, 이 소독약 먼저 바르시고 반창고 붙이세요!"

길동은 금세 정신이 돌아오지 않았는지 아이들을 바라보다가 고개를 한 번 세차게 흔들고는 자리에서 일어났다. 그리고 코트 주머니에서 약통을 꺼내 물도 없이 알약을 입에 털어 넣었다. 거울 앞에 앉아 얼굴을 들여다보니 칼에 베인 오른쪽 뺨에 핏자국으로 얼룩진 상처가 선명했다.

동이가 조심스럽게 말을 꺼냈다. "아저씨. 혹시 범인한 테요…"

길동은 생각에 잠겨 속으로 중얼거렸다. '죽여야 할 놈이 하나 더 늘었어. 강성일 년 김병덕이 다음에 죽여주마.'

동이가 물었다. "한아부지 어디 계신지 물어봤어요?"

길동은 혼잣말을 계속했다. '근데 그 자식이 날 어떻게 알지? 내가 김병덕을 쫓는 거까지 다 알고 있잖아!'

어느새 새벽이 다가오고 있었다. 동이와 말순이가 여관방 바닥에서 정신없이 잠들어 있는 사이에 길동은 테이블 위에 어지럽게 펼쳐놓은 서류들을 한 장 한 장 꼼꼼히 확인했다.

'화천 경찰 인력 전원 교체. 10월 21일 9시. 21일이면 어제야. 브라우닝 25 아홉 정, 토카레프 석 정, PPS 43 스물네 정 수령? 갑자기 화기를 이렇게 많이 확보하려는 이유가 뭘까? 19시, 10월 22일. 화천 경찰서장 휴가 전령전도 10월 22일. 도계면 전 지구대 업무 중단, 10월 23일 06시. 용담리부터 두 시간 간격으로 교환국 단계적 차단은 10월 23일,

15시부터. 명월리 진입로 봉쇄. 10월 24일 13시….'

길동은 강성일의 수첩 한 페이지를 다시 확인했다.

'24일 밤 9시. 마을 공터에서… 완료 후 총기는 필히 현장에 방치.'

길동은 어금니를 딱딱 마주치며 생각에 잠겼다. '완료? 뭘 완료해? 흠…. 총기를 확보하고, 유선전화 도로망, 외부와 소통 차단하고, 본격적으로 일을 벌이겠다는 거군. 그리고 내가 본 달력마다 표시돼 있던 24일이 거사일이었어! 군수가 연설한다는 구실로 주민을 모두 모아놓고 일을 벌이겠다는 거야.'

다시 서류를 뒤적이던 길동은 공문 복사본 귀퉁이에 적혀 있는 수상한 숫자들에 주목했다. '11110.10.00111.001. 11…. 이게 대체 뭘까? 길동은 숫자 아래에 한글을 적어 넣으며 중얼거렸다.

'10.24.21, ㅁ ㅕ ㅇ ㅜ ㅓ ㄹ…. 그래, 이건 이진법이야. 내 눈을 속일 수 없지.'

자기가 메모한 글자들을 들여다보며 한동안 생각에 잠겼던 길동은 메모를 찢어버리고는 서류를 대충 정리했다.

그리고 구석에 걸어놓은 코트를 챙겨 입었다.

'곤란한 일들이 아귀가 착착 들어맞으면서 줄줄이 일어날 때가 있지. 김병덕을 눈앞에서 놓치고, 때마침 주머니에 돈이 떨어지고, 강성일은 하필 지금 일을 꾸미고 있고….'

길동은 강성일의 총을 들여다보며 중얼거렸다. '대체 어떻게 된 거야? 강성일은 날 어떻게 알고 있지? 에이, 알게 뭐야! 어쨌든 난 김병덕만 찾으면 돼.'

길동은 밖으로 나가기 전, 방 안을 둘러보다가 동이가 가져온 소독약과 반창고에 시선이 멈췄다. 반창고를 집어들며 길동이 중얼거렸다. '김동이, 김말순… 얘들아, 제발 이런 쓸데없는 짓 좀 하지 마. 난 너희 할아버지를 죽이러 온 사람이야. 내 어머니 원수를 갚아야 한다고!'

길동은 반창고를 바닥에 던지며 아이들을 바라보았다. '오래전에 내가 봤던 걸 너희도 보게 될 거야.'

아이들은 세상모르고 깊은 잠에 빠져 있었다.

방에서 나온 길동은 여관 프런트 앞에서 멈춰 섰다. 여관 주인이 꾸벅꾸벅 졸다가 인기척에 눈을 뜨자 길동이 물었다. "혹시 이 여관에 큰 테이블 없어요? 방에 있는 테이블은 너무 작아서 일을 못 하겠어요."

"큰 테이블? 아, 그거 제가 이따가 하나 구해다 놓겠습니다. 근데 어딜 이렇게 일찍 나가세요?"

길동은 여관 주인의 말을 무시하고 목소리에 힘을 주며 말했다. "아, 그리고 낮에 경찰관들이 찾아올 거예요. 그중 안경 쓴 놈이 바로 납치범이니 그렇게 아세요."

여관 주인이 놀라서 입을 벌리고 말을 잇지 못했다. "겨, 경찰이 납, 납치범이라고요?"

"물론 제대로 된 경찰들이 아니죠. 아무튼, 내가 여기 왔느냐고 묻거든, 사실대로 말하세요. 그리고 오늘 밤에 꼭 다시 온다고 했다고, 그렇게 전하세요." 길동은 말을 마치고 밖으로 나섰다.

10월 22일 오후, 강성일의 추적

어두운 지하실. 몹시 지친 듯한 김병덕은 의자에 묶여 앉아 있고, 두 명의 경찰관이 몸을 숙여 망가진 의자 다리에 망치로 못을 박고 있었다. 한쪽 구석에서 거울을 들여다보며 격투 중에 찢어진 왼쪽 귀를 살피던 강성일이 느닷없이 거울에 주먹을 날렸다. 쨍그랑! 소리를 내며 거울이 깨지자, 경찰들이 깜짝 놀라 강성일을 쳐다봤다.

강성일이 그들을 노려보며 소리쳤다. "인근 여관들을 샅샅이 뒤져봐. 애들이 있으니 틀림없이 여관에 투숙하고 있을 것이다!"

"네!" 경찰들은 자리에서 일어나 서둘러 지하실을 나갔다.

강성일은 잡동사니 속에서 곡괭이를 하나 꺼내 들고 김병덕에게 다가갔다. "영감! 홍길동이 왔어."

깜짝 놀라 강성일을 올려다보는 김병덕의 희뿌연 눈동자가 흔들리는 듯했다.

"그동안 생사도 알 수 없던 놈이 왜 하필 지금 나타났을까? 그리고 그동안 죽은 듯이 촌구석에 처박혀 있던 영감이 왜 하필 지금 내 일을 망치고 있을까?" 강성일이 곡괭이 자루를 거칠게 발로 차 부러뜨렸다.

그러자 김병덕이 기어들어가는 쉰 목소리로 중얼거렸다. "이 보오… 우리 동이… 말순이…."

강성일은 김병덕에게 다가가 상의를 벗고 총집을 풀어 내려놓으며 말했다. "지금 영감한테 중요한 건 아이들이 아니야. 영감은 진짜 중요한 게 뭔지 몰라서 지금 여기 묶여 있는 거야. 너희는 자유를 주면 늘 잘못된 선택을 해. 세상에는 사람들이 옳다고 믿는 것보다 더 중요한 게 있어. 정의니, 신념이니, 진실이니, 듣기 좋은 말들을 내뱉고 다들 잘난 척하지만, 그런 건 전부 공허한 말장난일 뿐이야. 정작 자기가 그런 것들을 지켜야 하는 상황이 되면, 모두 꽁무니를 빼게 마련이지. 세상을 지배하는 건 그런 것들이 아니라 힘이야. 힘이 바로 정의고, 신념이고 진실이라고! 알겠어? 자, 영감, 내 말 잘 들어."

강성일은 곡괭이 자루를 들고 김병덕을 위협하며 물었다. "장부 어딨어?"

김병덕이 대답했다. "내 새끼들하고… 떠나게만 해주면… 내 틀림없이 가져다… 주리다…."

보성장 앞마당으로 들어온 차에서 강성일과 경찰 셋이
내렸다. 네 사람은 여관 건물 안으로 들어가 프런트 앞에
버티고 섰다. 일행 중 한 명이 여관 주인에게 경찰 배지를
보여주자, 강성일이 나섰다. "갈색 스텔라, 얼굴에 상처 난
이십 대 남성, 여자애 둘, 여기 묵었지? 몇 호실이야?"

　여관 주인은 이른 아침 길동이 했던 말이 떠올랐다. "네,
맞습니다. 어제 여기 왔습니다. 203호실에…."

　여관 주인의 말이 채 끝나기도 전에 일행은 쏜살같이 2
층으로 뛰어 올라갔다. 203호 앞에 다다라 문이 잠긴 것을
확인한 경관 한 명이 발로 문을 박차고 안으로 들어갔다. 강
성일도 안으로 들어가 방 안을 둘러보았다. 하지만 이불이
바닥에 어지럽게 널려 있을 뿐, 사람은 보이지 않았다. 신경
질이 난 강성일은 인상을 쓰며 아래층으로 내려와 여관 주
인에게 다그쳐 물었다. "어디 갔나? 어디로 간다고 했어?"

　여관 주인이 우물쭈물 대답했다. "오늘 밤에 다시 돌아
온다고 했습니다, 오늘 밤에."

10월 22일 오후, 홍길동의 추적

"김병덕 잡으러 간 사람이 뭐 하고 있어? 놀아?" 엘리베이터 안에서 황 회장이 휴대전화에 대고 말했다.

길동이 발끈해서 대답했다. "뭐? 논다고? 말이 좀 지나친데?"

"지나쳐? 네가 평소에 하는 언행을 생각해봐, 이 사이코야." 황 회장이 말했다.

길동이 황 회장 말을 듣는 둥 마는 둥 심드렁하게 말했다. "돈 좀 가져와. 나 돈 떨어졌어."

황 회장은 엘리베이터에서 나오며 느긋한 목소리로 놀리듯 말했다. "아, 그건 좀 곤란한데? 지금 너한테 갈 사람이 없어. 모두 잠복 나가고, 조사 나가고, 나도 이제 현장에 가야 해. 홍 소장한테 아무나 보낼 수도 없고…. 이런 문제는 미리미리 말했어야지."

"아, 말 좀 짧게 해. 공중전화에 더 넣을 동전도 없다고!" 길동이 투덜댔다.

황 회장은 부하와 함께 현금 창고 안으로 들어갔다. 널

찍한 공간에 현금 다발이 산더미처럼 쌓여 있었다. 황 회장은 서류 한 장을 보며 말을 이었다. "7102 그랜저 차주는 강성일, 경찰…."

길동이 말을 잘랐다. "그건 나도 알아."

황 회장은 피식 웃으며 들고 있던 서류를 구겨버렸다. "그리고 돈을 두 배나 더 주고 다시 사라니, 접촉하기도 쉽지 않을 텐데. 또 그 많은 실탄을 언제 다 제거하라는 거야? 우리가 무슨 공장 작업반이라도 돼?" 황 회장이 한숨을 쉬며 말했다.

"아 몰라. 아무튼, 돈 좀 보내."

길동이 말을 채 끝내기도 전에 공중전화는 요금 부족으로 끊어져 버렸다. 길동은 맥없이 전화 부스에서 나와 멍하니 서서 주머니에 들어 있던 약통을 꺼내려다가 뭔가에 사로잡힌 듯, 도로 옆에 우뚝 선 송전탑을 뚫어지게 쳐다봤다. 길동이 넋 놓고 있는 사이에 뚜껑 열린 약통에서 알약들이 바닥 웅덩이로 쏟아졌다. 그때 어디서 나타났는지 동이와 말순이가 고사리 같은 손으로 알약들을 주워 길동 손에 쥐여주었다. 아이들은 젖은 손을 바지에 문질러 닦고는 해맑은 표정으로 길동에게 물었다. "우리 할아부지 어떻게 찾을 거예요?"

길동은 무심결에 건네받은 알약 중에서 너무 젖어서 못 쓰게 된 것들을 골라내며 대답했다. "더 찾을 필요 없어. 어디 있는지 내가 아니까."

말순이가 깜짝 놀라 외쳤다. "뭐라고요? 아저씨가 안다고요?"

동이도 흥분해서 거들었다. "알아요? 정말이요?"

말순이의 목소리 톤이 한층 더 높아졌다. "아저씨는 어떻게 직접 보지도 않고 다 알아요?"

길동은 말순이 말을 무시하고 혼잣말처럼 중얼거렸다. '그 전에 잠깐 들를 데가 있는데…'

말순이가 코를 훌쩍거리며 길동을 뚫어지게 쳐다봤다. 초롱초롱한 아이들 눈빛을 내려다보던 길동이 말했다. "이번엔 너희가 협조를 좀 해보든가!"

동이와 말순이가 거의 동시에 외쳤다. "네! 협조할 수 있어요! 잘할 수 있어요!"

말순이가 물었다. "근데 협조하려면 어떻게 해야 해요?"

길동이 차를 향해 걸어가며 말했다. "거기 가서 내가 하라는 대로 얘기만 좀 하면 돼. 하지만 지난번처럼 헛소리하면 절대 안 된다. 알았어?"

길동은 아이들을 차에 태우고 송전탑을 지나 달려갔다.

4장. 활빈당

인연의 시작

북한산 자락 비탈길을 조금 올라가니 서울에도 이런 곳이 있었나 싶을 정도로 나무가 울창한 저택 한 채가 오롯이 자리 잡고 있었다. 대문 앞에는 검은 옷을 입은 경비원 서넛이 지키고 서 있고, 시동 걸린 검은 세단 한 대가 대기하고 있었다.

전면이 통유리로 된 2층 손님방 침대에 누워 있는 상처와 멍투성이 여자아이에게 황 회장이 이야기를 들려주고 있었다. "그래서 나도 너만 할 때 납치됐다가 별일을 다 당했어. 그때 오빠가 날 찾아내서 무사히 돌아올 수 있었지.

그래, 오빠라고 해야지. 나이도 나보다 많고, 어릴 때 함께 자랐으니까. 아무튼, 한동안 나도 계속 무섭고 불안하고 아무도 믿지 못했어. 그런데 지금은 어떤지 아니?' 누워 있던 수진이가 궁금한 표정으로 황 회장을 쳐다보았다. 황 회장은 미소 지으며 말을 이었다. "생각나지 않아. 기억이 가물가물해. 좋은 일이든 나쁜 일이든 그렇게 금세 지나간단다. 그리고 한번 지나간 일은 잊어버리게 마련이야." 황 회장은 수진의 손을 꼭 쥐며 말했다. "수진아, 너한테 잠깐 나쁜 일이 일어났던 것뿐이야. 그래서 네가 상처받았지만, 그 상처가 네 앞날에 걸림돌이 돼서는 안 돼. 알겠지?"

수진이 고개를 끄덕이며 대답했다. "네, 회장님, 말씀 고 맙습니다."

평소보다 늦게까지 학교에 남아 야간 자율학습을 마치고 교문을 나서던 황계숙이 납치되었던 것은 10년 전 일이었다. 친구들과 헤어져 골목 모퉁이를 도는 순간, 누군가 입을 틀어막고 강제로 차에 태웠다.

잠깐 정신을 잃었다가 깨어났을 때 계숙은 손발이 묶인 채 꼼짝달싹할 수 없었다. 어두컴컴한 지하실 구석에서는 음식 냄새가 풍겼고, 두런두런 얘기하는 낯선 남자들 목소리가 들렸다. 계숙은 의식이 몽롱한 상태에서도 그들이 아버지를 협박하고 있다는 걸 어렴풋이 눈치챘다.

"회장님, 아이는 잘 있어요. 오억만 준비해주세요. 만약 경찰에 신고하시면, 따님을 다시는 보실 수 없게 됩니다. 아시겠죠?"

산전수전 다 겪어본 황 회장이었지만 끔찍이 여기던 외동딸이 납치되자, 그는 온몸을 떨며 안절부절못했다. 그래도 명색이 활빈당을 운영하고 있는데, 내로라하는 부하들을 시켜 계숙의 행방을 추적했지만, 사건은 이틀째 오리무중이었다.

"어? 계숙이가 안 보이네? 오늘은 학교에 일찍 갔나 봐요?" 큰 식탁 앞에 황 회장과 마주 앉은 길동이 계숙의 빈자리를 바라보며 말했다.

"이거 치워라." 황 회장은 밥상을 물리며 의자를 박차고 일어나 서재로 돌아갔다. 경계를 서고 있던 검은 정장의 부하가 길동의 어깨를 툭 치며 주의를 환기했다. "길동아, 못들었어? 계숙이가 납치됐잖아!"

길동은 무관심한 듯 심드렁한 표정으로 과일을 집어 먹으며 피식 웃음을 흘렸다.

이틀째, 부하들의 추적은 별다른 성과를 올리지 못했지만, 길동은 하굣길의 동선과 전화 녹음된 놈들의 목소리에 남겨진 어렴풋한 경적 소리… 이 모든 것을 추리해 하루 만에 계숙, 즉 오늘의 황 회장을 구출해냈다.

활빈당에서

부하 한 사람이 다가와 황 회장 쪽으로 몸을 기울여 소곤소곤 말했다. "회장님, 급히 돈을 가져오라는 연락이 왔습니다."

황 회장이 부하를 째려보며 말했다. "돈을 가져오라고?

어떤 놈이 그런 말을 해?' 황 회장은 소파에 앉아 권총을 조립하며 기분이 언짢은 듯 구시렁거렸다. '정말 좋아하기 어려운 사람이야. 속에 시커먼 우물이 하나 들어 있어. 재주도 좋지, 학위를 동시에 대여섯 개씩 땄지만, 사건 없을 땐 온종일 이상한 책에 파묻혀 지내고, 돈 문제는 의외로 흐리멍덩하고, 운동은 걷는 것도 싫어하지. 은근히 과시욕도 있고, 무엇보다도 겁이 없으니 사건·사고의 연속이고….'

맞은편에 서서 듣고 있던 신입 직원 두식이가 실망한 듯 표정이 어두워졌다. 그때였다. 똑똑! 노크 소리가 나더니 문을 열고 정장 차림의 부하가 들어와 황 회장에게 꾸벅 인사하고는 보고했다. "놈들을 찾았답니다. 잡아오라고 할까요?"

황 회장이 눈도 마주치지 않고 대답했다. "당연한 걸 뭘 물어? 어서 잡아봐."

부하가 덧붙여 말했다. "넵! 그리고 강성일이라는 자는 수상한 점이 한둘이 아닙니다. 이름도 여러 번 바꿨고요."

"그 문제는 나중에 얘기하자." 황 회장이 말을 끊었다.

"네, 알겠습니다." 부하가 민망한 듯 말끝을 흐리며 물러갔다. 황 회장은 다시 총을 조립하며 앳돼 보이는 두식에게 말했다. "우리가 누구냐… 말하자면 일종의 탐정 조직이야. 너도 대충 알고 있겠지만. 실종, 납치, 유괴된 사람들을 찾아주기도 하고, 죄짓고 도망 다니는 놈, 잡혀도 돈이나 빽 써서 풀려난 놈, 지위가 너무 높아서 경찰이 아예 잡을 생각도 못 하는 놈, 그런 놈들을 잡아다가 혼꾸멍을 내주고, 그동안 먹은 걸 다 토해내게 하는 일도 하지. 그렇게 억울하게 당한 사람들, 빼앗긴 사람들, 짓밟힌 사람들한테 잃은 걸 돌려주기도 해. 이 사업에서 난 투자자 정도로 알고 있으면 되고, 모든 실무는 여기 보스 홍 소장이 도맡아서 하고 있어. 단, 어떤 일을 진행할 건지 말 건지 결정하는 사람은 나야." 황 회장이 조립을 끝낸 총을 두식에게 건네며 말을 이었다. "총은 자기 분신 같은 거야. 절대 잃어버리면 안 돼. 그리고 또 뭐 궁금한 거 있어?"

두식이 말했다. "홍 소장님은 겁이 없으니 용감한 분이잖아요!"

황 회장은 비웃듯이 씩 웃고는 혼잣말처럼 중얼거렸다. '용감한 게 아냐. 장애가 있단 말이야. 좌뇌에서 두려움을 느끼는 해마가 손상돼서 공포를 못 느끼는 장애가 있다고. 겁을 내고 싶어도 낼 수가 없는 거야. 게다가 끔찍한 일이지만 어린 시절의 기억을 깡그리 잃어버렸지. 자신이 감당할 수 없는 너무도 충격적인 장면을 목격했기 때문에 본능적으로 자신을 보호하기 위해 뇌가 기억을 모두 지워버린 거야. 그래서 매일 약을 입에 달고 살지만, 내가 보기에 다 소용없는 일이야…'

두식도 속으로 생각했다. '어쩌면 회장님보다 제가 형을 더 잘 알고 있을 거예요. 형은 모든 아픔을 극복할 거예요. 그리고 한 가지 확실한 사실을 말씀드리자면, 형님은 절대 운동을 싫어하지 않아요.'

고 황 회장은 하늘 보육원에서 길동을 입양했을 때 자기 자택에서 기거하게 했지만, 정작 자신은 거리를 둬서 아이가 저택 본채가 아니라 입구 쪽 별채에서 집사들과 함께 지내게 했다. 그래도 유모를 붙여줘서 아이를 보살피는 데는 소홀함이 없게 했다. 식사 때면 본채로 불러 함께 식사했지만, 내성적인 성격에다 가족 얘기만 나오면 신경질적인 반응을 보이는 길동은 초등학교만 마치고는 가정교사

와 집에서 공부했고, 중고등 과정을 건너뛰고 검정고시를 봐서 대학에 들어갔다. 친구도 없이 혼자 지내기를 좋아하는 길동에게 고 황 회장은 운동을 권했는데, 길동은 하는 운동마다 교관들이 혀를 내두를 정도로 타고난 재능을 보였다. 두식은 길동에게 유일한 말동무였다. 두식은 집사의 아들로 별채에서 한동안 길동과 같이 기거했는데 학교 친구가 없었던 길동의 외로운 어린 시절에 유일한 친구였다.

10월 22일 늦은 오후, 이상한 `그곳`을 찾아

복덕방 앞에서 차를 세우고 길동이 내리자 아이들도 쪼로로 따라 내렸다.

길동이 복덕방 문을 열고 안으로 들어갔을 때 소파에 앉아 꾸벅꾸벅 졸고 있던 복덕방 영감이 정신을 차리고 눈을 비비며 물었다. "어떻게 오셨수? 땅 보러 오셨수?"

길동은 아무 말 없이 벽에 붙은 지도를 들여다보면서 마음속으로 사건의 전개 과정을 되짚어봤다. '그날 강성일은 분명히 그 숲 속 공터에서 그랜저를 타고 아침 6시 17분에 출발했지. 출발할 땐 김병덕이 있었는데 정비소에 도착해서 견적서를 뽑은 7시 5분엔 없었단 말이야. 7시쯤 도착했다고 치고. 김병덕을 어디에 감춰둔 걸까? 지방도로에서 보통 시속 70~80킬로미터로 운전했다고 가정하면… 여기 동이 집에서 9킬로미터, 정비소에서 3킬로미터 반경에 김병덕이 있다.'

길동은 지도를 손가락으로 짚어가며 중얼거렸다. '여기 이 근처에 사람이 살지 않는 폐가나 비어 있는 건물이 있을 텐데…. 그러고 보니 정비소에서 가장 가깝군.'

옆에서 길동의 행동을 쳐다보던 복덕방 영감이 끼어들었다.

"아, 그쪽에 나온 물건이 있긴 합니다. 근데, 투자 목적으로 사두시려면 더 좋은 게 있어요. 손님은 서울에서 오셨수?'

길동이 아무 말 없이 주머니에서 명함을 꺼내려는데, 동이가 기다렸다는 듯 끼어들었다. "이분은 도청 건설방재국 토지자원과 정명수 대리님이에요."

말순이도 거들었다. "저희는 지금 도계면 가구 지목별

현황을 조사하고 있습니다."

동이가 말을 받았다. "이번 달에는 특활 때 도청 아저씨들하고 일대일 견학하는 시간이 생겼어요."

말순이가 또 끼어들었다. "그런데 나는 1학년인데, 우리 언니 따라다니는 거예요."

동이는 자리에 털썩 주저앉아 또 수첩에 메모하기 시작했다. 두 꼬마가 지껄이는 말을 도통 알아듣지 못하겠다는 듯이 복덕방 영감은 어리둥절한 표정을 지었다. 길동이 꺼내려던 명함을 다시 집어넣으며 말했다. "이제야 영감님이 상황을 좀 이해하신 것 같군요."

복덕방 영감은 냉장고에서 환타 두 병을 가져와 동이와 말순이에게 한 병씩 건네줬다. 말순이는 기다렸다는 듯 벌컥벌컥 마셨고, 동이는 "고맙습니다."라고 말하며 꾸벅 절했다.

아이들이 음료를 마시는 사이에 복덕방 영감은 길동에게 약도를 건네며 말했다. "거긴 주인이 없어요."

길동이 의아한 표정을 짓자 영감이 말을 이었다. "누가 언제 지었는지도 몰라. 나도 딱 한 번 가봤는데, 모양도 괴상하고 사람 살려고 지은 집이 아닌 것 같아. 대지는 아주 넓은데, 소유자도 불분명하고 여러 가지로 수상한 구석이 많은 물건이야."

길동은 차를 타고 복덕방에서 확인한 곳을 향해 숲길을 달렸다. 동이는 흔들리는 차 안에서도 열심히 메모했고, 조수석에 타고 있는 말순이는 창밖으로 스쳐 가는 풍경을 빨려 들어가듯 바라보고 있었다.

길동은 룸미러로 동이의 모습을 흘깃 바라보았다. '쟨 고개를 푹 숙이고 뭘 저렇게 열심히 적는 거야?' 길동은 아이들이 비록 원수의 자식들이지만 측은하다는 생각도 들었다. 하지만 곧 자신이 동정심에 사로잡혔다는 사실을 자각하자 세차게 머리를 흔들었다. 그때 옆에서 길동을 빤히 쳐다보고 있던 말순이가 물었다. "그런데 아저씨, 정말로 뭐 하시는 분이에요?" 길동에게서 아무 반응이 없자, 말순이가 다시 한 번 다그쳤다. "아저씨, 뭐 하시는 분이냐고요!"

"김말순, 너 자꾸 귀찮게 하면 쫓아버릴 거야."

하지만 말순이는 아랑곳하지 않고 물었다. "아저씨 이

름이 뭐에요?"

동이도 궁금하다는 듯이 고개를 들어 길동의 뒤통수를
바라봤다.

말순이가 다시 물었다. "아저씨 이름 뭐냐구요, 진짜
이름!"

"박두칠."

"엉터리야. 가짜 이름이야. 지금 막 지어낸 거야. 언니,
내 말이 맞지? 세상에 박두칠이란 이름이 어딨어?" 말순이
가 뒷좌석에 있는 언니를 돌아보며 말했다.

길동은 말순이의 말을 무시하고 창밖으로 주변을 살폈
다. 가만, 이 길이 맞나? 제대로 가는 거야?

말순이가 다그쳤다. "왜 말을 돌려요? 아저씨 누구예요?"

"아, 진짜! 박두철이라니까!" 길동이 목소리를 높였다.

말순이도 지지 않고 목소리를 높였다. "조금 전엔 박두
칠이라고 했잖아요? 그러더니 이젠 박두철이라고? 왜 자꾸
거짓말해요?"

길동도 핏대를 올렸다. "쪼끄만 게 시끄럽게 뭘 따지고
들어? 니들 할아버지가 그렇게 가르치시던? 어른한테 소리

지르고, 대들고, 꼬치꼬치 따지라고 하시던?"

동이가 몸을 앞으로 내밀며 말순이를 툭툭 쳤다. "말순아, 아저씨 우리한테는 거짓말 안 하셔."

그러자 말순이가 조금 수그러든 목소리로 물었다. "진짜 박두철이에요?"

"진짜야."

말순이가 씩 웃었다. "의심해서 미안. 근데 언니, 나 배아파."

길동은 미소 짓는 말순이를 바라보다 얼른 딴청을 했다. 동이가 말순이 배를 쓰다듬으며 다시 한 번 물었다. "아저씨. 근데 거기 가면 진짜 우리 할아부지 계신 거죠?"

길동은 복덕방 영감이 건네준 약도를 보고 다다른 곳에는 희한한 건축물이 서 있었다. 언덕을 깎은 듯, 높이 솟은 돌은 마치 쇠락한 성지 같기도 했다. 길동은 고개를 한껏 젖히고 올려다봤다. 낮인데도 무언가 어둡고 음산한 기운이 감도는 곳이었다. 오랫동안 사람의 발길이 닿지 않았는지, 잡초가 무성히 자라 바람에 흔들리고 있었고, 구석구석

이끼와 먼지로 덮여 있었다. 게다가 날이 점점 흐려지고 하늘에는 먹구름이 낮게 드리워져 있었다. 길동이 차의 시동을 끄자 동이와 말순이가 뛰어내려 건물 쪽으로 달려갔다. 말순이가 뛰어가며 소리쳤다. "할아버지!"

길동은 차 안에서 권총의 탄창을 확인하고 안전장치를 푼 다음, 다시 품속에 넣었다. 길동은 결의에 차서 속삭였다. '김병덕이 여기 있다. 이번엔 반드시 잡는다. 무조건 잡는다!'

앞에서 뛰어가던 아이들은 길동이 따라오지 않자 머쓱해져서 걸음을 멈추고 뒤를 돌아보았다. 차에서 내린 길동은 애써 아이들의 시선을 피하고 냉정한 태도를 유지하며 문 쪽으로 다가갔다. 길동은 주변을 유심히 살폈다. 다듬지 않은 거친 돌로 둘러 쌓인 벽, 그 한가운데에는 전체 모양새에 비해 이상할 정도로 크고 육중한 금속 문이 달려 있었다. 어찌 보면 거대한 동굴에 문을 달아놓은 것처럼 보였다. 길동은 전체적인 탐색을 끝내고 나서 철문을 두드렸다. 문을 열려고 했지만 손잡이도 보이지 않았고, 몇 차례 흔들어도 거대한 철문은 꿈쩍도 하지 않았다. 동이와 말순이도 길동을 도와 문을 밀어보았지만, 소용없었다. 그러다가 길동은 문 옆 바닥에 깔린 이상한 철판을 발견했다. 그 순간, 어디선가 덜컹! 하는 소리가 들렸다. 이상한 소음에 말순이와 동이가 소리 나는 벽 옆쪽으로 시선을 돌렸다. 동이는 얼른 그쪽으로 뛰어갔다.

"야, 잠깐 기다려!" 길동이 말릴 틈도 없이 말순이도 따라갔다. 모퉁이를 끼고 돌자 돌벽 아래쪽 발치 지하실 같은 곳에 작은 창이 하나 보였다. 동이와 말순이는 자세를 낮춰 안을 들여다보려 했지만, 아무것도 보이지 않았다. 아이들이 큰 소리로 외쳤다. "할아부지! 할아부지!"

길동도 모퉁이 창문 쪽으로 살금살금 다가가 품속에 총을 쥔 채 창을 통해 안을 살폈다. 하지만 안쪽은 벽처럼 캄캄하고 아무것도 보이지 않았다. 길동은 맥이 빠져 권총의 안전장치를 다시 채우며 중얼거렸다. '이럴 리가 없는데… 분명히 여기가 맞는데….'

드디어 할아버지를 만난다는 기대에 부풀었던 동이와 말순이는 금세라도 눈물을 쏟을 듯이 눈이 그렁그렁해졌다. 말순이는 또 아프다며 배를 움켜쥐었다. 말순이의 눈에서 한 줄기 눈물이 흘러내렸다. 하늘에서도 빗방울이 후두둑 떨어지기 시작했다. 길동은 아이들을 측은한 듯이 바라보다가 힘없이 말했다. "일단 돌아가야겠다."

세 사람은 비를 피해 달려가 얼른 차에 올라탔다.

말순이는 뒷좌석에서 울음을 터뜨렸고 동이는 동생을 끌어안고 달랬다. 길동은 룸미러로 한동안 자매를 바라보다가 굳은 얼굴로 시선을 돌렸다.

중국집 둥근 테이블에 짜장면 세 그릇이 나왔다. 평소 같으면 짜장면을 보고 와락 달려들었을 아이들이 수심에 가득 차 묵묵히 앉아 있었다. 길동은 속으로 생각했다. '이상해. 왜 이렇게 되는 일이 하나도 없지?'

동이가 먼저 입을 뗐다. "아저씨, 우리 할아부지 진지는 잘 들고 계신 거죠?"

그러자 기다렸다는 듯 말순이도 거들었다. "우리 할아

부지 아궁이에 불 때고 주무시는 거예요?"

길동이 귀찮다는 듯이 답했다. "할아버지 잘 드시고, 잘 주무시고, 잘 계시니까. 인제 그만 물어!"

간신히 울음을 그쳤던 말순이 얼굴이 갑자기 일그러지 더니 또다시 큰 소리로 울기 시작했다. 중국집에 있던 손님들 시선이 일제히 세 명에게로 쏠렸다. 말순이가 울면서 말했다. "언니… 아저씨… 나 할아부지 보고 싶어요."

길동은 주변 사람들 시선을 의식하며 속삭였다. "김말순 시끄러워. 짜장면이나 먹어."

동이가 안쓰러운 듯 말순이를 바라보며 말했다. "너 배 아픈 거 정말 괜찮은 거야?"

"히히… 배가 아픈 게 아니고 배가 고파서 그랬나 봐." 말순이는 짜장면을 입에 가득 넣고 금세 후루룩거렸다. 잠시 후 종업원이 커다란 탕수육 접시를 들고 지나자 말순이는 윤기 흐르는 탕수육 접시에서 시선을 떼지 못했다. 탕수육은 바로 옆 테이블 위에 놓였다. 종업원이 말순이를 흘끔흘끔 바라봤다.

동이가 창피하다는 듯이 말순이에게 속삭였다. "그냥

짜장면이나 먹어. 우리 돈 통에 남은 돈도 얼마 없어."

길동은 골똘히 뭔가를 생각하다가 아이들에게 물었다. "너희, 할아버지 말고는 가족이 아무도 없어? 이모라든가 삼촌이라든가."

울음을 그친 말순이가 딸꾹질하며 대답했다. "없어요. 우리는 할아버지랑 언니랑 나랑 셋밖에 없어요. 근데 언니는 맨날 일등 해서 친구도 많은데…. 아저씨는 친구 없죠?"

길동이 물었다. "왜 그런 걸 물어?"

말순이가 잘라 말했다. "그냥 없을 거 같아서요.

길동이 뭐라고 대답해야 좋을지 몰라 입을 다물고 있는데, 말순이가 말을 이었다. "언니가 그러는데요. 아저씨는 고마우신 분이래요. 언니랑 나랑 아저씨 친구 할까요?"

길동은 가만히 동이와 말순이를 바라보다 어색하게 다시 시선을 떨구고 대답했다. "아니."

길동의 대답을 듣는 둥 마는 둥 말순이가 말을 이었다. "그럼 이제부터 언니랑 나랑 아저씨랑 친구예요." 말을 마치자 말순이는 길동의 손을 덥석 잡았다.

길동은 화들짝 놀라 손을 뺐다. "야! 너 자꾸 손 좀 잡지 마!'

키가 작아서 선 자세로 의자에 엉덩이만 간신히 걸치고 있던 말순이가 느닷없이 길동에게로 다가가 품에 안겼다. 어색해진 길동은 말순이를 떼어내려고 했지만, 아이는 막무가내로 길동의 품으로 파고들었다.

그때였다. 종업원이 탕수육 몇 개가 담긴 작은 접시를 테이블에 내려놓더니, 아무 말 없이 돌아갔다. 말순은 어리둥절한 표정을 짓다가 금세 함박웃음을 지으며 말했다. "이거 서비스에요?"

동이가 말했다. "아저씨 먼저 드세요."

젓가락으로 잽싸게 낚아챈 탕수육을 어느새 입으로 가져간 말순이가 오물오물 먹으며 말했다. "같이 먹어요. 친구끼리는 뭐든지 나누는 거라고 했잖아요."

말순이는 탕수육을 허겁지겁 먹다 말고 콧물과 짜장으로 범벅된 입으로 길동을 향해 씩 웃어 보였다. 동이는 테이블에 놓였던 냅킨으로 말순이의 입을 닦아줬고, 길동은 인상을 찌푸렸다.

10월 22일 저녁, 응징

길동은 서둘러 차를 몰고 보성장으로 향했다. 마당에 차를 대고 프런트로 간 길동은 여관 주인에게 다급한 목소리로 말했다. "실례가 많습니다만, 아이들을 잠시 맡아줄 만한 곳이 있을까요?"

"네? 아저씨 우리 두고 어디 갈라구요?" 말순이가 끼어들었다.

여관 주인이 난처한 듯 머리를 긁적이다가 길동의 간절한 눈빛에 마음이 흔들렸는지 조심스럽게 말했다. "저기, 내가 잘 아는 헌책방 집에 비어 있는 뒷방이 하나 있긴 한데…"

어느새 어둠이 내렸고, 길동은 보성장 앞마당으로 천천히 걸어 들어갔다. 멀찍이 몸을 숨긴 경찰들이 길동의 행동을 예의주시하고 있었다. 여관 앞뒤로 꽤 많이 배치돼 있던 경찰들은 길동의 모습이 보이자 일제히 총을 겨눴다. 길동은 여관 안으로 들어서며 멀리 떨어져 있는 차량은 물론이고 적의 숫자를 대략 파악했다. '이것들 참 많이도 왔네.' 길동은 그렇게 혼잣말을 하며 2층으로 올라갔다. 방에 들어온 길동은 약을 한 움큼 집어 입에 털어 넣었다.

2층 끝 방에 불이 켜지는 것을 확인한 경찰 하나가 손짓하자, 경찰 둘이 보성장 앞마당을 가로질러 안으로 들어섰다. 앞서가던 경찰 뒤를 돌아보며 동료에게 말했다. "말이 필요 없어. 그놈이 보이면 무조건 쏴."

경찰들은 안으로 들어와 주위를 살피고 1층에 아무도 없다는 걸 확인하고는 2층으로 올라갔다. 203호 앞에서 멈춘 두 사람은 서로 눈짓을 주고받더니 한 명이 방문을 쾅! 걷어차고 안으로 들어가면서 총을 난사했다. 맞은편 대형 유리창이 총에 맞아 산산조각 나면서 바닥에 유리 파편들이 떨어졌다. 하지만 길동은 이미 번개처럼 몸을 날려 창밖으로 뛰어내린 뒤였다.

뒤따라 들어온 경찰이 소리쳤다. "젠장! 아무도 없잖아!"

앞서 방으로 들어왔던 경찰이 당황한 듯 동료를 바라봤다.

날쌔게 밖으로 나온 길동은 어둠을 타고 경찰 셋이 타고 있는 차량 뒤쪽으로 유령처럼 다가갔다. 이상한 낌새를 알 아챘는지 뒷좌석에 앉은 경찰이 흠칫 뒤를 돌아보더니 차 문을 열고 밖으로 나왔다. 앞 좌석에 앉은 두 경찰도 뒤를 한 번 흘깃 돌아보고는 다시 여관 2층에 시선을 고정했다.

　차 밖으로 나온 경찰을 순식간에 해치운 길동은 차 뒷 문을 열고 들어가 조수석에 앉아 앞만 바라보고 있던 경찰 의 다리에 소음총을 발사했다. 그리고 그가 미처 비명을 지 르기 전에 입에 재갈을 물렸다. 그 순간, 운전석에 앉아 있 던 경찰은 놀라 혼비백산했고 권총으로 손을 가져가기가 무섭게 길동은 그의 턱밑에 총구를 들이밀고 목에 밧줄을 건 뒤 그의 총을 빼앗으며 물었다. "강성일은 어디 있나?"

　당황한 경찰이 아무 말도 못 하자 길동이 말했다. "총기 수령 일정이 10월 22일 19시던가? 아무리 바빠서도 그렇지, 이렇게 나타나지 않으시니 섭섭하군. 자, 어서 시동 켜."

　경찰차는 여관을 빠져나가 산길을 올라가 캄캄한 숲 속 빈터에 도착했다. 길동은 경찰 둘을 차에서 끌어 내렸다.

다리에 총을 맞아 피를 흘린 경찰은 축 늘어져 바닥에 쓰러졌고, 동료 경찰도 그의 옆에 엎어졌다. 길동은 피 묻은 정원 가위를 들고 그에게 다가가 말했다. "거짓말하면 너도 얘처럼 된다. 김병덕 어딨어?"

경찰은 겁에 질려 아무 말도 못 하고 고개를 저었다.

"그래, 몇 번째 손가락이 잘려나갈 때 실토할지 한번 보자."

길동은 주저 없이 그의 손가락으로 정원 가위를 가져갔다. 그리고 캄캄한 숲 속에 처절한 비명이 울려 퍼졌다.

강성일은 어둠이 내리기 시작한 정원리 선착장에 도착했다. 선착장에는 나무 상자들이 쌓여 있고, 주변에는 경찰 몇 명이 서성거리다가 강성일이 나타나자 차렷 자세를 취했다. 강성일은 나무 상자들을 살펴보다가 맨 위에 있는 상자의 판자를 맨손으로 뜯어냈다. 우두둑! 못이 뽑히며 판자가 떨어져 나오는 소리가 허공에 울려 퍼졌다. 강성일은 상자에서 기관총 한 정을 꺼내 이리저리 살펴보았다. 옆에 서 있던 경찰이 강성일에게 조심스럽게 보고했다. "여관에서 표적을 놓친 것 같습니다."

강성일이 건성으로 대답했다. "우리가 온다는 걸 이미 알고 있었겠지. 됐어. 이제 제 발로 찾아올 테니까. 장부까지 가지고 말이야."

그때였다. 무기상 셋이 강성일 쪽으로 저벅저벅 걸어왔다. 앞에 서 있는 우두머리인 듯한 남자 뒤에 있는 자들은 챙이 큰 모자를 쓰고 있었다. 우두머리 무기상이 기관총을 점검하는 강성일에게 먼저 말을 걸었다. "반갑습니다, 반장님. 확인해보세요, 브라우닝 25 아홉 정, 토카레프 세 정. PPS 43 스물네 정입니다." 무기상은 말할 때마다 눈을 깜박거리는 틱이 있었다.

그가 턱짓으로 신호하자 챙이 넓은 모자를 쓴 두 남자가 또 다른 나무 상자를 가져왔다. 경찰 한 명이 상자를 열어 탄약 박스를 꺼냈다. 강성일은 총알이 장전된 탄창을 권총에 장착한 뒤 철컥! 슬라이드를 뒤로 잡아당기고 나서 선착장에 딸린 목재 가건물을 향해 탕! 하고 방아쇠를 당겼다. 타타타탕! 강성일의 연속적인 총격에 가건물이 맥없이 부서졌다. 경찰들도 기관총을 들고 같은 표적을 향해 미친 듯이 쏘아댔다. 스산한 밤 호숫가에서 광란의 총탄들이 불꽃놀이라도 하듯 어두운 허공을 수놓았다.

10월 23일 새벽, 헌책방

헌책방 한쪽 구석에서 선잠이 들었던 길동은 자리에서 일어나 창밖을 살피면서 속으로 생각했다. '그놈들은 끝까지 입을 열지 않았다. 죽음을 무릅쓰고 지키려는 신념이 있는 거야, 대체 무엇이 그자들을 그렇게 만들었을까?

길동은 무심코 한쪽 구석에 켜져 있는 TV를 들여다봤다. 화면에서는 제복을 입은 군인이 연설하는 중이었다.

우린 지금 다음 세상으로 들어가는 문턱에 서 있습니다.

아무것도 두려워할 필요 없습니다.

적이 도발한다면, 그 도발이 어디서 어떻게 일어나건,

우린 즉시 그 도발을 응징하리라는 것을 이 자리에서 천
명합니다.

역사가 말해주듯이 전쟁에서 승리하고 나면

우린 비로소 더 강하고 풍요로운 민족으로 거듭날 것입니다.

군인이 연설을 마치자 우렁찬 박수 소리가 TV 스피커
를 타고 흘러나왔다.

배를 바닥에 깔고 엎드려 공책에 뭔가를 적던 말순이는
한쪽을 찢어 옷걸이에 걸렸던 길동의 코트 안주머니에 집
어넣었다.

길동은 자리에서 일어나 뒷방으로 건너갔다. 방문을 열
자 말순이가 화들짝 놀라 허둥지둥 구석에 있는 낡은 소파
로 뛰어올라 등을 돌리고 누우며 길동에게 말했다. "나 잘
거야."

"야. 지금이 몇 신데 자겠다는 거야? 벌써 아침이야, 어
서 일어나."

동이는 깡통 속의 돈을 세고 있었다. 동전이 많이 줄어

든 걸 보고 얼굴에 수심이 가득했다. 길동은 동이가 준 반창고를 얼굴 상처에 붙이면서 물었다. "우리 돈 얼마나 남았어?"

깜짝 놀란 동이가 돈 깡통을 숨기며 대답했다. "많이 남았어요, 왜요?"

"그 돈 네가 모은 거야?" 길동이 물었다.

"할아부지 안경 살라고 모은 건데, 괜찮아요. 또 모으면 돼요." 동이는 자랑하듯 말했다. "아저씨 그리고 내가 정비소 사장님한테 여기 전화번호 알려드렸어요."

길동이 말했다. "아휴, 또 괜한 짓을 했구나."

동이가 수첩을 보며 말했다. "왜냐면 그때 여관 아저씨가요…."

그때 어느새 잠든 말순이가 코를 골았다. 길동과 동이가 동시에 말순이 쪽으로 고개를 돌렸다. 말순이 입에 머리카락이 붙어 있는 걸 보고 길동이 물었다. "야, 김말순 머리 좀 빗어서 묶으면 안 돼? 너무 지저분하잖아, 창피하게."

"아… 머리끈을 전부 할아부지가 갖고 계셔요. 우리 머리를 맨날 할아부지가 빗어서 묶어주시거든요…." 동이가

말끝을 흐렸다. 동이는 할아버지가 불현듯 생각났는지 창밖으로 시선을 돌리며 말을 이었다. "아저씨… 말순이랑 저는 할아부지 없으면 못 살아요. 근데 할아부지 무릎도 많이 아프시고, 눈도 안 좋으시고, 병 주우러 가시면 맨날 사람들한테 구박받고 그러세요…. 그래도 말순이랑 내 입에 밥 들어가는 거 보면, 하나도 안 힘들다고 하셨어요."

길동은 마음이 불편해져서 동이에게서 시선을 돌렸다.

"맞다. 아저씨 우리 집에 다시 가보면 안 돼요? 그때 할아부지가 그러셨어요, 우리가 집에서 기다리고 있으면 금방 돌아오신다고."

"야, 어림없는 소리 하지 마. 지금 그 집은 악당 놈들이 뭘 찾겠다고 샅샅이 뒤져서 벌집을 만들어놨을 거야. 게다가…." 길동은 말하는 중에 갑자기 뭔가를 깨달았는지 눈알을 굴리며 어금니를 딱딱 부딪치기 시작했다. 그리고 동이에게 의미를 알 수 없는 미소를 지으며 장난스럽게 말했다. "하하하, 동이야! 그놈들이 그걸 왜 못 찾았는지 알아? 바로 거기 없었기 때문이야!"

벌떡 일어나 동이 가방을 뒤져 사진첩을 꺼낸 길동은

몇 장 넘기며 들여다보다가 비닐 속지 사이에 손가락을 넣어 손끝에 뭔가가 닿자 손가락 끝으로 간신히 잡아 꺼냈다. 그것은 여러 차례 접힌, 부스러질 듯 오래된 종이쪽지였다. 그렇게 사진첩 속지마다 낡은 종이가 끼어 있었다. 길동이 한 장을 펼쳐 들여다보니 이름과 숫자가 빼곡히 적혀 있었다. 길동이 혼잣말로 중얼거렸다. '아하! 이것이 바로 김병덕이 감추고 있던 비밀장부였어.'

장부를 훑어보던 길동은 가장자리에 '光隱會'라고 적힌 한자에 시선을 고정했다. "광은회? 뭐야, 빛나고 은밀한 모임이라는 거야?"

5장. 광은회

10월 23일 낮, 의문의 11자

　길동은 아이들을 차에 태우고 지방도로를 달리다가 공
중전화 부스 앞에서 멈춰 섰다. 같은 시각 흥신소 사무실에
서는 황 회장이 확대한 사진 자료들을 펼쳐놓고 골똘히 들
여다보고 있었다. 전화벨이 울리자 옆에 서 있던 부하가 전
화기를 황 회장 귀에 대줬다. 황 회장은 내로라하는 정치
인들, 군 장성들 얼굴에 동그라미를 쳐놓은 사진을 들여다
보며 수화기에 대고 말했다. "군부는 광은회가 거의 다 장
악했으니 전쟁이 일어나면 광은회의 전횡을 막을 반대 세
력이 전혀 없다는 거야. 전쟁에서 이기면 광은회가 이 나라

를 통째로 집어삼킬 테지. 지금 광은회에 필요한 건 명분이야. 대형 안보 사건이라도 터져주면, 절차고 뭐고 무시하고 곧바로 작전에 돌입하겠다는 거야."

길동은 황 회장의 말을 듣는 둥 마는 둥 눈앞에 보이는 송전탑을 주시하며 골똘히 생각에 잠겼다. '처음 보는 저 송전탑이 왜 이렇게 눈에 익은 걸까? 이 기시감은 대체 뭐야?'

수화기에서 황 회장의 말이 계속 흘러나왔다. "우리가 수집한 정보는 모두 소문뿐이야. 우두머리가 누군지, 그놈들 규모가 어느 정돈지 아무도 몰라. 물증을 찾을 수가 전혀 없어… 야, 너 지금 내 말 듣고 있어?" 길동이 무신경하게 답했다. "아니."

"내 말에 집중 좀 해." 황 회장은 화를 참으며 길게 한숨을 쉬더니 말을 이었다. "강성일도 갑자기 수사반장 자리를 꿰찼어. 윗선에서 손을 쓴 거지. 이놈들을 그냥 놔둘 거야?"

길동이 투덜댔다. "그래서 내가 뭐랬어? 돈부터 좀 가져오라고 했잖아!"

황 회장은 오기가 나는 듯 말을 계속했다. "화천군수는

지난주부터 연락 두절, 경찰서장, 보안과장은 다 휴가!"

"알고 있어." 길동이 무뚝뚝하게 대답하며 생각에 잠겼다. '당연하지. 경찰서장 휴가 전령전에 10월 22일부터라고 나와 있으니까.'

"홍 소장, 너한테 물어볼 게 있어."

"뭔데?" 길동이 시큰둥하게 물었다.

"너 김병덕 애들은 왜 데리고 다니는 거야?" 길동이 아무 대답도 하지 않자, 황 회장이 말을 계속했다. "너 혹시 애들한테 김병덕 죽는 꼴이라도 보여주려는 거야?"

길동은 갑자기 전화를 툭 끊어버렸다. 그리고 부스에서 나와 건너편에 세워뒀던 차를 바라봤다. 차 안에서는 동이와 말순이가 고개를 맞대고 뭔가 속닥거리고 있었다. 길동은 정신을 차리려는 듯 손바닥으로 얼굴을 몇 차례 쓸어내렸다. 그리고 머릿속에서 사태를 정리해봤다. '전쟁을 일으킬 명분을 만든다. 지금 강성일의 계획은 분명히 진행되고 있다. 무장간첩들이 쓰는 총을 준비하고, 책임질 놈들은 휴가로 자리를 비우고, 통신은 두절되고 도로는 차단된다. 전부 한통속이 돼서 마을을 고립시킨 다음…' 길동은 주머니

에서 메모 쪽지를 꺼내 폈다. '10월 24일 9시, 명월리 거주자 전원 사살!'

길동은 라이터로 종이쪽지에 불을 붙이며 생각했다. '재앙을 일으키려는 강성일과 광은회, 납치된 김병덕의 관계는 무엇일까? 그리고 사람들 팔목에 문신처럼 새겨진 11자는 대체 뭐지? 경찰 손목에도 있었고, TV 화면에 나온 장성의 손목에도 있었고, 어린 시절 까마득한 기억이지만 중년의 김병덕의 손목에도 있었다. 그리고 비밀장부에도!'

길동은 불붙은 종잇조각을 공중에 날리다가 자기 손목에 시선이 닿았다. 거기에도 흐릿한 11자 흔적이 보였다. '그들과 나를 잇는 이 해괴한 인연은 대체 뭘까?' 길동은 고개를 가로저었다.

그때였다. 아이들이 길을 건너 달려왔고, 말순이가 길동 옆에서 소리쳤다. "어? 아저씨 불장난하면 오줌 싸요!"

길동은 숨을 고르며 차를 향해 걸어갔다. 아이들도 길동을 놓칠세라 바짝 따라붙었다. 길동은 머릿속이 혼란스러웠다. '정신 차리자. 마을에 무슨 일이 벌어지든 간에, 나한테는 복수가 우선이다.'

동이가 길동의 뒤에 대고 물었다. "아저씨, 우리 이제 어떻게 해요?"

"그걸 왜 나한테 물어?" 길동이 퉁명스럽게 말하자 말순이가 뛰어와 길동의 앞을 두 팔로 가로막으며 분하다는 듯 소리쳤다. "아저씨가 우리 할아부지 찾아준다고 했잖아요!"

길동도 맞서 소리쳤다. "너 지금 나한테 화내는 거야? 내가 지금까지 아무것도 안 하고 놀았어?"

동이가 말순이를 말리며 끼어들었다. "아저씨 우리가 아까 좋은 생각을 했는데요, 할아부지 얼굴을 그려서 전봇대에 붙여놓고 우리 할아부지 본 사람은 연락해달라고 하면 어떨까요?"

길동은 허탈하게 웃으며 어이없다는 듯이 말했다. "어떻게 그런 생각을 다 했어? 나도 너희처럼 아무 생각 없이 살아봤으면 정말 좋겠다, 부러워 죽겠어." 길동이 후유… 하고 한숨을 쉬더니 말을 이었다. "생각을 좀 해봐. 김동이 너 공부 좀 한다면서? 할아버지가 길 잃어버린 미아냐? 너희 할아버지는 잡혀갔단 말이야. 갇혀서 밖으로 못 나온다고! 어디 외진 데 완전히 갇혀 있단 말이야."

그 순간, 길동은 머릿속에 어떤 생각이 스친 듯 말을 멈췄다. 길동이 생각에 잠겨 꼼짝도 하지 않고 서 있자, 아이들도 길동에게 집중한 채 조용히 반응을 기다렸다.

"동이야… 너 수첩 좀 줘봐."

동이는 얼른 수첩을 건넸다. 길동은 수첩을 빠른 속도로 넘기면서 들쳐 보다가 한구석에 적힌 메모에 시선을 고정하고 읽었다. '급하게 개업하느라… 이 가구도 그 이상한 곳에 가면 방치된 것들이 있어서… 고치면 새 것이나 다름 없음….' 보성장에 투숙할 때 여관 주인이 했던 말이었다. 길동은 얼굴을 감싸 쥐며 자책하듯 혼잣말했다. '아, 이런 머저리! 답을 코앞에 두고 엉뚱한 데서 찾고 있었어!'

길동은 서둘러 공중전화 박스로 들어가 전화를 걸었다. "네. 삼화 서점이죠? 여관 주인아저씨 거기 있어요?"

책방 여주인이 대답했다. "아 검사님이구나? 여관 오빠 옆에 있어요. 근데 아까 태광 정비소라면서 아저씨 찾는 전화가 왔었어요." 책방 여자가 말하자 길동이 물었다. "정비소?"

"네, 아주 급한 거 같던데…." 길동은 책방 여주인 말은 듣지도 않고 말했다. "그건 됐고, 여관 주인아저씨 좀 바꿔요."

"예 접니다."

길동이 다급한 목소리로 여관 주인에게 물었다. "아저씨가 가구 주워오는 데서 봤다는 게 뭐에요?" 길동이 다그쳤다. "거기서 애들 할아버지 봤죠?"

동이와 말순이의 눈빛이 빛났다. 전화를 받는 여관 주인의 눈빛도 빛났다. "아, 맞아. 맞아! 그 사람이 아이들 할아버지였어!"

—○

여관 주인은 전날 기억을 떠올렸다. 큰 테이블을 구해 달라는 길동의 요청을 듣고, 지난 번 가구를 싣고 왔던 곳에서 봤던 큰 테이블이 생각나 다시 찾아갔다. 지하실 창문에 먼지가 잔뜩 끼어서 뭐가 뭔지 분간하기 어려웠지만, 안에 누군가가 있다는 걸 분명히 알 수 있었다. 눈을 가늘게 뜨고 창틈으로 안을 들여다보니 구부정한 실루엣이 보였

는데, 노인 같았다. 사실인 줄 알면서도 그 사실을 피하고 싶을 때가 있는 법이다. 여관 주인은 그 이상한 건물에 누군가가 갇혀 있다는 걸 직감으로 알았지만, 범죄 세계에서 손을 씻은 마당에 굳이 골치 아픈 사건에 엮이고 싶지 않은 마음이 더 컸다. 뒤쪽으로 나 있는 좁은 계단을 내려가니 음습한 기운이 훅 끼치면서 온몸에 소름이 돋았다. 지하실 문은 커다란 자물쇠로 잠겨 있었다. 문을 두드리며 안에 누가 있느냐고 소리쳤지만, 아무 대답도 들리지 않았다. 여관 주인은 내심 그러기를 바랐다. 그래야 양심의 가책도 받지 않고 자기 행동을 정당화할 수 있었다. 여관 주인은 커다란 테이블을 용달차에 싣고 그곳에서 서둘러 빠져나왔다.

여관 주인은 수화기에 대고 큰 소리로 다시 말했다. "맞아요. 내가 할아버지 봤습니다. 두 번 봤어요!"

"뭐라고요?" 길동이 소리쳤다. 전화기에 잔액이 모자라 뚜뚜 하는 신호음이 울렸다. 길동은 동이에게 어서 동전을 달라고 손짓했다. 동이가 건네준 동전을 전화기에 넣고 한숨 돌린 길동이 다급하게 물었다. "어디에요, 거기가?"

"어디냐면, 읍내에서 큰길을 따라 나가면…." 여관 주인이 말하는 중에 갑자기 통화가 뚝 끊겼다.

"여보세요, 여보세요!" 길동이 소리치며 혹을 연신 눌렀지만, 수화기에서는 아무 소리도 들리지 않았다. 길동의 머릿속에서 번개처럼 여러 가지 생각이 휙휙 지나갔다. '김병덕을 두 번 봤다? 그래, 거기가 맞잖아!' 길동은 시간을 확인했다. 오후 3시였다. '이런! 23일 15시 용담리 교환국부터 회선을 차단한다더니!'

길동은 입속으로 욕을 웅얼거리며 차로 뛰어갔다. 동이가 뒤따라 뛰면서 조르듯 물었다. "우리 할아부지 보셨대요? 여관 아저씨 지금 책방에 계세요?"

길동은 갑자기 걸음을 멈추고 중얼거렸다. '정비소에서 왜 날 찾지?'

동이가 걱정스러운 듯 물었다. "아저씨, 괜찮으세요?"

"정비소부터 들르자!" 길동이 소리쳤다.

김병덕의 탈출

길동은 급히 차를 몰아 태광 정비소에 도착했다. 앞마당에 대충 차를 세우고 사무실 문을 열어젖히자 황급히 들어오는 길동을 보고 정비소 사장이 놀리듯 말했다. "왜 이렇게 연락이 안 되시나? 이거 뭐 파출소에 가도 아무도 없고, 민중의 지팡이들이 일을 제대로 하시는 건지."

길동이 물었다. "왜 날 찾았죠?"

정비소 사장이 되물었다. "한쪽 눈이 안 보이는 어르신이죠?"

길동이 고개를 끄덕이자 그가 말을 이었다. "여기 오셨어요, 애들 할아버지."

길동이 놀라 다시 물었다. "여기 왔다고? 지금 여기 있다고?"

정비소 사장이 턱으로 가리키는 곳을 보니 뒷마당 창고 창문을 통해 구부정한 노인의 실루엣이 보였다. 길동의 눈빛이 얼음처럼 차가워졌다.

길동이 낮게 중얼거렸다. '김병덕이다!'

정비소 사장이 말을 이었다. "애들을 찾으시면서 어서 집에 가야 한다고 하시던데요. 근데 어디서 뭘 하고 오셨는지 영감님 상태가 몹시 나빠요."

길동이 다급하게 말했다. "애들한테는 아무 말도 하지 마세요."

그때 사무실 문을 열며 동이와 말순이가 들어왔다. 아이들은 정비소 사장에게 꾸벅 인사했다. 아무것도 모르는 천진무구한 아이들을 막아서며 길동이 뭔가 말하려는 순간, 책상에 놓인 거울로 심상치 않은 것이 보였다. 바로 강성일이 정비소 입구로 다가오고 있었던 것이었다.

길동은 당황해서 얼른 품속으로 손을 가져갔지만, 권총은 거기 없었다. 길동의 당황한 행동에 동이와 말순이, 정비소 사장까지 불안해졌다.

'지금 마주치면 다 죽을 거야.' 길동은 그렇게 판단하고 얼른 옆에 있던 라디오를 켜고 볼륨을 높였다. 그러고는 정비소 사장에게 황급히 말했다. "대충 얘기해서 돌려보내요. 우리가 여기 있는 거 눈치채지 못하게 해야 합니다."

길동이 아이들과 함께 사무실 옆에 있는 작은 방으로

들어가 몸을 숨기자마자 강성일이 정비소 사무실 문을 밀고 들어왔다. 정비소 사장은 구석에서 가루 주스를 타고 있다가 강성일을 보자 태연하게 말했다. "아, 오셨습니까?"

"다 됐어요?" 강성일이 물었다.

"저 밖에 있어요. 그냥 타고 가시면 됩니다." 정비소 사장이 말했다.

"그냥 타고 가면 된다고?" 강성일이 의아하다는 듯 물었다.

정비소 사장이 움찔하며 대답했다. "아, 수리비는 12만 5천 원입니다."

강성일은 주위를 둘러보았다. 길동은 좁은 문틈으로 강성일을 훔쳐보다 행여나 들킬까 봐 얼른 몸을 감췄다. 길동은 불안한 마음에 방을 두리번거리다 좁은 창문을 발견했다. 하지만 열려고 하니 오랫동안 사용하지 않았는지 시끄러운 마찰음만 날 뿐 꼼짝도 하지 않았다. 동이와 말순이도 번갈아 열어보려고 애썼다.

길동이 속삭였다. "김말순, 우리 차 트렁크에 내 권총이 들어 있어. 트렁크는 잠기지 않았으니 버튼을 누르기만 하면 돼. 창문 열리면 밖에 나가서 그걸 가져와, 할 수 있지?"

그때 덜컹! 하면서 창문이 휙 열렸다. 동이는 창틀에 손을 베었는지 아얏! 하고 짧게 비명을 질렀다. 그때 사무실에 있던 강성일이 뒤에서 들리는 덜컹! 하는 소리에 뒤를 돌아보니 정비소 사장이 바닥에 쓰러진 목발을 주워 세워놓고 있었다. 강성일은 고개를 갸우뚱하며 시끄럽게 소리를 내는 라디오를 껐다. 그러자 갑자기 실내에 정적이 감돌았고, 정비소 사장은 그 순간 심장이 멎는 것만 같았다.

길동과 동이는 말순이가 창밖으로 나가도록 도왔다. 창밖으로 털썩 떨어지긴 했지만, 말순이는 씩씩하게 흙을 툭툭 털고 일어나 담 밖에 세워뒀던 길동의 차를 향해 달렸다.

갑자기 사무실 라디오 소리가 끊기자 방에 있던 길동과 동이는 바짝 긴장했다. 상처 난 동이의 손에서 피가 배어나왔다.

"여기 누가 있나?" 강성일이 말했다. 정비소 사장이 어쩔 줄 모르고 서 있는 사이 사무실 문이 열렸다. 가방을 멘 말순이가 태연하게 안으로 걸어 들어오더니 가방을 내려놓고 익숙하게 가루 주스를 탔다.

정비소 사장이 말했다. "나가 놀 생각만 하지 말고 숙제부터 해."

말순이가 퉁명스럽게 답했다. "숙제 없어, 오늘."

강성일은 말순이를 의심하는 눈길로 바라보다가 옆에 있는 방 쪽으로 시선을 옮겼다. 그러더니 얼굴에 기분 나쁜 웃음을 띠었다. 길동은 그 순간 끝장났다는 생각이 들며 온몸이 얼어붙었다. 강성일은 천천히 품속으로 손을 가져갔다. 길동은 경황없이 방을 살피다가 손에 잡히는 대로 옆에 있던 스패너를 주워 들었다. '흥! 내가 누구냐? 번개처럼 빠른 홍길동 님이시다!'

하지만 강성일이 품에서 꺼낸 것은 지갑이었다. 강성일은 지갑에서 지폐를 꺼내 수리비를 테이블에 던져놓고 밖으로 나갔다.

강성일이 7102 그랜저를 타고 정비소를 완전히 빠져나가자 길동은 사무실로 나왔다. 하지만 뭔가 꺼림칙한 기분을 떨칠 수 없었다. 말순이가 가방에서 권총을 꺼내놓으며 씩 웃었다. 손에 상처가 난 동이도 안심한 듯 휴우 하고 한숨을 내쉬었다. 길동이 손수건을 꺼내 동이 손의 핏자국을 닦아주려고 하자 동이는 손수건을 받으며 참하게 말했다. "고맙습니다."

길동은 아이들을 보며 잠시 생각에 잠겼다. 비록 원수의 자식들이지만 한없이 순수한 아이들 아닌가? 길동은 깊이 한숨을 내쉬며 정비소 사장에게 말했다. "부탁 하나만 합시다. 보상은 나중에 할 테니, 삼화 서점에 아이들 좀 데려다 주세요."

사장이 덤덤하게 대답했다. "그럽시다."

길동이 아이들을 바라보며 말했다. "동이야, 말순아, 너희들 나 믿는다고 했지?"

아이들이 입을 모아 답했다. "네!"

"그럼, 아무것도 묻지 말고 잠시 책방에 가 있어. 나도 금방 갈게."

동이와 말순이가 고개를 끄덕였다.

광은회의 비밀

정비소 사장이 사무실 유리문에 '외출 중' 팻말을 걸어놓고 아이들과 헌책방으로 간 뒤에 길동은 정비소 창고로 걸어갔다. 진정하려고 애썼지만, 자꾸 호흡이 거칠어졌다. 길동은 손에 들고 있는 권총의 실탄을 다시 한 번 확인하고 나서 문을 열었다. 심장이 견디기 힘들 정도로 쿵쾅거렸다.

만신창이가 된 김병덕은 창고 바닥에 주저앉아 드라이버로 손목의 수갑을 벗겨내려고 안간힘을 쓰고 있었다. 그러다가 문이 열리는 소리에 깜짝 놀라 길동을 쳐다봤다. 길동은 말없이 다가가 김병덕을 내려다봤다. 한쪽 눈은 흉하게 멀었고, 가난에 찌든 얼굴에 주름이 깊이 팬 초라한 노인이 거기 있었다.

김병덕이 겁에 질린 목소리로 물었다. "누, 누구요?"

노인은 드라이버를 쥔 손에 힘을 줬다. 길동은 김병덕

에게서 잠시도 눈을 떼지 않은 채 가쁜 숨을 애써 고르며 말했다. "성함이 김병덕 맞습니까?"

노인은 대답하지 않았다. 길동이 옆에 있는 의자를 끌어당겨 앉더니 주머니에서 핀을 꺼내 노인의 수갑을 간단히 풀어줬다. 노인이 손목을 매만지는 사이에 길동이 말을 이었다. "예전 광은회 장부를 가지고 계시더군요. 소문으로만 떠돌던 광은회를 세상에 드러낼 비밀장부! 내일 밤 24일 밤 9시, 그놈들이 명월리 주민을 모아놓고 몰살할 겁니다. 어르신은 그걸 알고 오래전부터 숨겨왔던 장부를 방패삼아 도망치려다 이런 신세가 되셨죠?"

노인이 부들부들 떨며 물었다. "당신, 누구야?"

길동이 안주머니에서 가짜 신분증을 꺼내 보인 뒤 날카로운 시선으로 노인을 노려보며 말했다. "정보기관에서 나왔습니다. 안심하세요. 난 영감님을 도우러 온 사람이니까."

노인은 혼란스러운 듯 입을 굳게 다물었다.

"시간이 많지 않아요. 어서 모든 걸 말하세요. 광은회는 어떤 조직인지, 영감님과 어떤 관계가 있는지, 영감님이 확보한 광은회 관련 정보는 어떤 것인지!" 길동이 다그쳤다.

"이보오, 난 우리 아이들부터 찾아야 하오."

"아이들은 내가 만나게 해드릴 테니, 내가 도울 수 있게 지금 말해주셔야 합니다." 길동의 채근에도 노인은 망설이며 입을 굳게 다물고 있었다. 길동이 말을 이었다. "여기서 섣불리 밖으로 나갔다간 다시 붙잡혀 올 겁니다. 광은회가 어떤 놈들인지는 어르신이 더 잘 아실 테니 긴말하지 않겠습니다. 그간 있었던 일, 본 것 들은 것, 알고 있는 모든 걸 하나도 빠짐없이 말해주세요."

노인은 여전히 입을 굳게 다물고 있었다. 길동은 뚫어지게 노인을 바라봤다. 잠시 후 노인은 허공으로 시선을 던지더니, 천천히 입을 뗐다. 목소리가 들릴 듯 말 듯했다. "모든 게 거기서 시작됐지."

길동은 행여 노인의 말을 놓칠까 봐 다그쳤다. "계속하세요."

김병덕이 낮은 목소리로 말을 이었다. "거기서, 그릇된 믿음을 가진 자들이 모여 살았지. 그들은 광은회 지도자한테 모든 걸 바친 사람들이었소. 그것도 모자라 그자를 위해서, 온종일 노예처럼 돌숯을 캤지. 나중엔 닥치는 대로 사람들을 잡아다 부렸소. 거기 한번 발을 들이면 아무도 빠져 나갈 수 없었소. 그놈들은 여섯 살 난 아이까지 매질해서 다리를 부러뜨리는 놈들이오. 사람 피 값으로 그자는 돈을 모았소. 관리들은 그 돈을 받고 그 마을에서 일어나는 일들을 전부 눈감아줬소. 내가 소싯적에 면서기를 한 적이 있어서 거기서 출납 장부를 맡았어. 그 끔찍한 돈이 드나드는 걸, 그 지옥 같은 세상이 돌아가게 하는 돈의 흐름을 전부 기록했던 거요. 그곳은 마귀가 다스리는 마을이었소. 거기서 얼마나 많은 사람이 죽었는지 헤아릴 수도 없어."

노인은 끔찍한 기억이 되살아나는지 두 손으로 얼굴을 감쌌다.

"한 가지만 물읍시다. 손목에 남은 그 흉터는 뭡니까?"

노인이 왼쪽 손목의 11자 흉터를 쓸어내리며 말을 이었다. "한번 새겨지면 영원히 지울 수 없는 상처지. 이건 광은회의 상징과 같은 거야. 같은 식구라는 걸 증명하는 증표라고. 원래 광은회는 종교 집단으로 출발했어. 충성하다가 죽으면, 죽는 게 아니라 영생을 얻는다고 믿었지. 11자는 바로 영생의 상징이야. 몸과 마음을 뜻하기도 하고, 현세와

내세를 뜻하기도 해. 11을 옆으로 눕히면 평행한 두 개의 세계가 보이지. 이 세상에서 내가 사라져도, 광은회를 따른 자들은 영생을 얻어 다른 세상에서 영원히 살아간다고 믿는 거야. 그래서 그렇게 모진 고통을 겪어도 순종하도록 길들여진 거라고."

노인은 말을 계속하다가 지난날 악몽이 문득문득 떠오르는 듯 격앙된 목소리로 말을 이었다. "이보오… 그자들은 지금도 있소. 세상에서 그놈들이 못 할 짓이라곤 없소!"

길동이 물었다. "당신은 어떻지?"

길동이 갑자기 적대감을 드러내며 쏘아보자 노인은 당황해서 말문이 막힌 듯했다. 길동이 다시 다그쳤다. "당신이 죽인 사람은 어떻게 됐을까? 영생을 얻었을까?"

그 순간, 노인의 성한 눈동자가 움직임을 멈췄다.

"당신이 죽인 사람은 없어?" 길동이 또다시 다그쳤다.

노인은 넋이 나간 듯 낮은 목소리로 말했다. "난 도망쳤어…. 광은회 우두머리 홍상직, 그 괴물한테서 도망쳤어. 그놈은 여자들을 건드렸지. 애든 어른이든 상관없었지. 내 딸도 그렇게 될까 봐 무서워서 난 도망쳐야 했어. 도망치다

잡히면 가족이고 뭐고 상관하지 않고 죽였어. 그때 나와 함께 도망친 여자는 홍상직의 작은 부인이었는데, 그 여자도 여덟 살 난 아들을 그 지옥에서 구하려고 했던 거야. 우린 잡혀서 다시 끌려왔어."

홍분한 노인은 호흡이 가빠지자 한두 번 길게 숨을 쉬고 나서 다시 말을 계속했다. "홍상직은 본보기로 우리 둘 중 하나가 상대를 죽이면 살려주겠다고 했지. 그래서 내가 총을 잡았어. 어떻게든 내가 살아서 내 딸을 지켜야 했으니까."

길동이 이를 악물고 말했다. "그럼, 그 여자는 죽어서 자기 아들을 지키지 못해도 상관없다는 건가? 그 여자를 죽였던 걸 후회하나?"

노인은 상념에 젖는 듯했다.

"이제 와서 용서받고 싶다는 건가?" 길동이 추궁했다.

노인이 갑자기 단호한 어투로 외쳤다. "아니!"

길동의 눈동자가 흔들렸다.

"내가 또다시 그런 처지에 놓인다 해도, 그때와 똑같이 할 거야. 내가 그러지 않았다면 동이 애미가 죽었을 테니까. 내 새끼를 살릴 수만 있다면, 열이든 스물이든 죽이겠어. 어차피 우리처럼 힘없는 것들한테는 선택의 여지 따위는 없어."

길동이 눈을 동그랗게 뜨고 외쳤다. "뭐라구? 당신 미쳤어?"

"날 보고 용서를 빌라고? 후회 같은 건 개나 주라구 해. 난 죄 없어. 죄가 있다면 그 악마 같은 놈들한테 있어. 애초에 그놈들이 없었다면, 나한테 살인을 강요하지 않았다면, 내가 그 여자를 죽일 이유도 없었어."

길동이 흥분한 듯, 권총 슬라이드를 철컥! 뒤로 당겼다. 그러자 노인이 말했다. "흥! 쏠 테면 쏴봐. 어차피 운명은 하늘에 달린 거야. 인간이 아무리 발버둥 쳐도 자기 운명을 바꿀 순 없어. 내가 네 에미를 희생해서 내 딸을 구했지만, 결국 어찌 됐나 보라구. 내 딸은 살아남아 결혼도 하고 아이들도 낳았지만, 아이들만 나한테 남겨두고 모두 허망하게 세상을 뜨지 않았어? 하지만 넌 지금도 끈질기게 살아 있지."

길동이 말했다. "그 따위 궤변 집어치우고 어서 잘못했다고 말해! 돌아가신 우리 어머니한테, 그리고 나한테 용서를 빌어! 죽을죄를 졌다고 사죄해!"

동의 얼굴을 꼼꼼히 뜯어본 노인은 천천히 고개를 끄덕였다. "그래. 바로 너였어. 그때 네 엄마가 목숨을 바쳐 널 구했지. 이렇게 살아 있다니 질긴 목숨이야, 홍길동!"

길동은 차오르는 분노를 억누르며 이를 악물고 말했다. "사악한 놈! 어서 말해. 속죄한다고, 후회한다고 말해!"

그때였다. 갑자기 노인이 길동을 향해 몸을 날렸고, 길동의 총이 탕! 하고 발사됐지만, 총알은 천장에 박히고 말았다. 노인은 길동을 덮친 채 드라이버를 길동의 옆구리에 깊숙이 찔러 넣었다. 길동은 비명을 질렀고, 찔린 부위에서 피가 흘러나왔다. 노인은 비틀거리며 일어나 문을 박차고 밖으로 나섰다. 길동은 고통으로 신음하며 쓰러졌다. 철천지원수 김병덕이 눈앞에서 사라지고 있었다.

노인은 비틀비틀 걸음을 옮기며 무작정 앞으로 나아갔다. 무엇보다도 아이들이 걱정이었다. 하지만 기력이 소진돼 걸음을 옮기기도 힘들었다. 얼마나 걸었을까? 뒤에서 들리는 차 소리에 고개를 돌린 노인은 불길한 예감이 들어 어디론가 숨으려 했지만, 몸이 말을 듣지 않았다. 노인은 비틀거리다가 그 자리에 쓰러져 일어나지 못했다. 잠시 후 도로에서 쓰러진 김병덕을 발견한 사람은 바로 강성일이 었다.

기억의 열쇠, 송전탑

정비소 사장은 아이들을 자기 낡은 차에 태우고 책방으로 향했다. 지방도로를 달릴 때 옆에 앉아 있던 동이가 궁금한 듯 물었다. "아저씨, 혹시 우리 할아버지 못 보셨어요? 아까 정비소에서 뭐라고 하셨던 것 같은데…."

그때였다. 전방에 7102 그랜저가 비스듬히 멈춰 서 있었고, 양쪽에는 무장한 강성일과 경찰들이 서 있었다. 정비소 사장은 뭔가 이상한 낌새를 알아챘지만, 차를 세우는 수밖에 없었다. 그러자 강성일의 지시에 따라 경찰 하나가 걸어와 정비소 사장의 차 뒷문을 열고 아이들에게 말했다. "얘들아, 정비소 아저씨는 우리가 여기서 조사할 게 좀 있단다. 그러니 너희는 저기 앞 저 차에 타라. 이제부터 경찰 아저씨들이 너희를 보호해줄 거야."

경찰의 말에 아이들이 겁에 질린 모습으로 차 문을 열고 나와 그랜저에 올라탔다. 강성일은 차 문을 모두 잠근 뒤에 정비소 사장이 타고 있는 낡은 차로 다가갔다. 운전석에 홀로 남은 정비소 사장은 떨면서 운전대를 붙잡고 있었다. 강성일은 주위를 둘러보고 인적이 없다는 걸 확인하곤 정비소 사장의 머리에 총구를 겨눴다.

여관 주인은 그 이상한 건물에서 본 김병덕이 자꾸 마음에 걸려 신경이 쓰였다. 자기가 본 사람이 바로 검사님이 그토록 찾아 헤매는 아이들 할아버지라 생각하니 마음이 찜찜해서 견딜 수 없었다. 여관 주인은 바로 차를 몰고 다시 이상한 그 건물로 향했다. 이상하게도 지하실 철문은 활짝 열려 있었다. 여관 주인이 지하실로 들어가자 두 팔이 밧줄에 묶인 채 바닥에 쓰러져 신음하던 김병덕이 보였고,

그를 지키던 두 명의 경찰과 시선이 마주쳤다. 경찰들은 기대하지 않았던 침입자의 출현에 깜짝 놀란 듯 황급히 여관 주인에게 달려들었다.

그 순간, 지하실 한 구석 다른 방에 갇혀 있던 말순이와 동이는 인기척이 들리자 좁은 창문으로 지하실 안을 살피다가 여관 주인의 모습이 보이자 이젠 살았다는 듯이 큰 소리로 외쳤다. "아저씨. 여기에요. 여기!"

여관 주인은 자신을 향해 몸을 던지며 주먹을 날린 경찰들의 공격을 가볍게 피하며 몸을 숙여 발길질로 경찰들이 복부를 강타했다. 그들이 타격을 받은 배를 움켜쥐고 앞으로 몸을 숙인 순간, 여관 주인은 번개처럼 빠른 속도로 두 경찰에게 번갈아 어퍼컷을 먹였다. 왕년에 한주먹 하던 여관 주인의 실력이 빛을 발한 순간, 경찰들은 맥없이 바닥에 쓰러졌다. 여관 주인은 쓰러진 경찰들에게 거세게 발길질을 하고는 아이들이 갇힌 구석 방문 쪽으로 다가가 말했다. "아이고 얘들아. 어쩌다가…."

여관 주인이 문을 열려 했지만, 굳게 잠긴 철문은 꿈쩍도 하지 않았다.

정비소 창고에서 부상당해 쓰러져 있던 길동은 정신을 차리고 일어나 비칠비칠 걸어가 차에 올라탔다. 그리고 힘겹게 차를 몰아 헌책방에 도착했을 때 하늘에선 먹구름이 몰려오면서 사방이 빠르게 어두워졌다.

책방에 들어선 길동은 가게 안과 뒷방을 살펴봤지만, 아이들의 모습이 보이지 않았다. 그때 전화벨이 울렸다. 길동은 황급히 수화기를 들었다. 전화한 사람은 여관 주인이었다.

"검사님? 아이고 검사님 계시네. 제가 여기 할아버지 찾았습니다."

길동이 소리쳤다. "어디에요 거기?"

"아유… 어쩌다 애들까지 이 고생을…" 여관 주인의 말에 길동은 넋이 나갔다.

"애들이라니?" 길동의 표정이 더욱 어두워졌다.

"애들이요! 동이, 말순이! 아무튼, 좀 빨리 오셔야겠는데… 여기가 주소는 모르겠고 어떻게 설명을 드려야 되나.

일단 나오시면 우회전해서 도로를 타 그리고…"

경찰 둘을 때려눕히고 통화를 하던 여관 주인은 무언가 이상한 낌새에 뒤를 돌아보았다. 강성일이 다가오고 있었다. 여관 주인은 곧바로 주먹을 날렸지만, 강성일은 그대로 주먹을 잡아 막더니 여관 주인의 팔을 꺾어버렸다. 우두둑 소리가 났다. 여관 주인은 순식간에 경찰 둘을 제압했지만, 강성일은 달랐다. 그는 정말 빠르고 날렵했다. 곧바로 퍽! 하고 내리꽂는 강성일의 팔꿈치에 여관 주인은 그대로 나뒹굴고 말았다. 여관 주인은 주먹을 날렸지만, 강성일은 이마저도 가볍게 피하더니 순식간에 발차기로 가격했다. 여관 주인은 그대로 맥없이 주저앉아 버렸다.

길동은 아무 말도 못 한 채 수화기 너머로 무언가 심상치 않은 소리를 집중해서 듣고 있었다. 잠시 후, 길동은 탕-탕-탕 하는 총소리를 들었다. 길동은 눈을 질끈 감았다. 그때였다. 수화기 너머로 강성일의 목소리가 들렸다. "김병덕 만나보니 어때? 영감이 미안하다고 하던?"

길동의 눈은 분노로 들끓어 이글거렸지만 정작 아무런

말도 못 하고 있었다. "기다리고 있을게." 강성일의 짧은 말과 함께 뚜-뚜-뚜 전화가 끊어졌다. 길동은 멍하니 수화기를 든 채로 넋을 놓고 있었다. 그때였다. 어딘가 다녀오는지, 책방 안으로 들어선 책방 여자가 길동의 손에서 수화기를 낚아채고 귀를 갖다 댔다. 여자는 황급히 전화의 혹을 눌러보며 말했다. "오빠? 사장님? 여보세요? 여보세요? 전화가 왜 이래?"

길동은 절망에 고개를 떨궜다. 먼 곳으로부터 불길한 천둥소리가 들려왔다.

길동은 급히 차를 몰았다. 하지만 이내 숨을 몰아쉬면서 도로 한쪽에 차를 세웠다. 하늘에선 갑자기 소낙비가 억수같이 쏟아지기 시작했다. 길동은 옆구리에 참기 어려운 통증을 느끼며 손을 갖다 댔다. 상처에서 피가 배어 나오면서 손이 온통 피범벅이 됐다. 길동은 마음을 다잡고 다시 차를 몰았다. 운전은 위태롭고 의식은 점점 흐려졌다.

'눈이 감기고 입이 마른다. 약이 있어야 하는데…. 모든 게 강성일 손아귀에서 놀아나고 있다. 마치 내 마음을 다

읽고 있는 것 같다, 결국 김병덕은 다시 사라졌고, 그간의 노력은 물거품이 돼버렸다.' 길동이 운전하는 차는 도로를 벗어나 갓길을 굴러가다가 결국 쾅! 하고 공중전화 부스를 들이받고 멈춰 섰다. 비는 점점 거세게 퍼붓고 있었다. '이것은 현실인가 꿈속인가…' 길동은 차갑지만 뭔가 따듯한 기운을 나른하게 느끼며 그대로 의식을 잃었다.

어두운 방이었다. 어린 길동은 벽의 갈라진 틈으로 엄마를 지켜보고 있었다. 어린 길동에게, 그리고 이제 성인이 된 길동에게도 엄마의 목소리가 들렸다. "어서 도망가. 길동아. 넌 살아야 해. 꼭 살아서 다신 이런 일이 일어나지 않게 해야 한다." 그리고 총성이 울렸다. 어린 길동은 목이 터지도록 엄마를 불렀다. "엄마! 엄마! 엄마!" 어린 길동의 얼어붙은 눈에 눈물이 흘렀다. 차 안에서 정신을 잃고 고개를 숙이고 있는 길동의 눈에서도 눈물이 흘렀다.

그날 밤, 어린 길동은 비 내리는 숲길을 필사적으로 뛰었다. 그리고 눈물과 빗물이 범벅된 얼굴로 유령 마을을 마지막으로 돌아보고는 어두운 터널을 빠져나왔다. 온 세상에 빗소리와 천둥소리만이 가득했고, 어린 길동은 미친 듯이 거친 숨을 몰아쉬며 달리고 또 달렸다. 그 순간, 번쩍! 하고 번개가 내리쳤다. 고개를 들어 올려다보니 눈앞에 거대한 송전탑이 솟아 있었다. 다시 한 번 송전탑에 번개가 내리치는 순간, 길동은 눈을 번쩍 떴다. 쾅!! 기억 속의 그 날과 똑같이 번개가 치고 있었다. 길동은 비틀거리며 차에서 내렸다. 쏟아지는 비가 길동의 젖은 눈을 가려버렸지만, 아련한 기억에 남아 있는 것과 똑같은 송전탑이 눈앞에 우뚝 서 있었다. 길동은 빗속에서 한동안 송전탑을 올려다보았다.

10월 23일 밤, 사라진 유령마을

길동은 퍼뜩 정신을 차렸다. 끔찍한 정신적 창상으로 이십여 년 접근이 완벽하게 차단됐던 기억들이 봉인이 해제되면서 하나둘 되살아나고 있었다. 길동은 속으로 중얼거렸다. '어제 거기 갔을 때 나는 그 오래전 일을 기억해내지 못했어. 이제 수수께끼를 하나씩 풀어갈 차례야.'

길동은 서둘러 차를 몰고 빗속을 달렸다. 치료하지 못한 옆구리 상처가 아팠지만, 신경 쓸 겨를이 없었다. 이제야 모든 것이 선명해지고 있었다.

길동은 가까스로 다시 그곳에 도착했고, 철문 아래 바닥에 깔린 철판을 확인했다. 그 육중한 철판을 들어 올리고, 안에 설치된 녹슨 레버를 힘껏 당기자, 커다란 쇠사슬이 감기면서 거대한 철문이 열렸다.

그랬다. 바로 이곳이었다. 이십여 년 전 바로 이곳에서 모든 불행이 시작됐다. 길동은 열린 문 저편에서 입을 벌리고 있는 어둠을 뚫어지게 바라봤다. 오랜 세월 꽁꽁 묶어 가둬뒀던 기억이 선명하게 떠올랐다. 기억에는 여러 개의 잠긴 문이 있어 맞는 열쇠를 찾아 열기만 하면 판도라의 상자처럼 안에 들어 있던 모든 불행한 기억들이 폭발하듯 튀어나온다. 길동은 그 어두운 터널 속으로 걸음을 내디뎠다. 바야흐로 기괴하고 음산한 유령 마을이 모습을 드러내는 순간이었다.

터널을 지나 안으로 들어가자 여기저기 가건물 같은 것들이 비를 맞으며 우중충하게 서 있었고, 그 앞에는 몽둥이며 밧줄이며 버려진 신발 같은 불길한 잡동사니들이 지저분하게 널려 있었다. 길동은 마치 악몽 속을 여행하듯이 기억을 더듬으며 그 흔적을 지나쳤다. 저 멀리 정면에 11자 모양의 높은 뿔이 솟은 건물이 보였다. 그리고 그 앞에 경찰들이 모여 있었다. 길동은 애써 분노를 감추며 천천히 앞으로 걸어갔다. 경찰들이 곤봉을 들고 길동을 막아섰다.

"저리 비켜! 김병덕이 여기 있지? 너희가 아이들도 납치했나?"

길동이 말을 채 끝내기도 전에 멀리서 강성일이 신호를 보내자 경찰들이 우르르 달려들어 길동을 제압했다. 길동은 무슨 생각이 있는지, 순순히 결박당한 채 건물 아래쪽으로 끌려가 어두컴컴한 지하실 바닥에 던져졌다. 그곳에는 동이와 말순이가 입에 재갈이 물리고, 두 손은 결박당한 채 갇혀 있었다. 김병덕도 아이들 옆에서 잘 보이지 않는 눈으로 길동을 바라봤다. 그때 옆에 당당하게 서 있던 강성일이 웃옷을 걷치며 김병덕을 향해 말했다. "영감, 애들이 저놈 하고 정이 많이 든 것 같던데?"

동이는 숨을 더 거세게 몰아쉬었고, 말순이는 눈물을 뚝뚝 흘렸다. 강성일이 길동에게 다가서며 말했다. "이제 야 왔구나, 홍길동! 장부는 가져왔나?"

"장부라니? 이제껏 난 장부 따위는 써본 적이 없는데?" 길동이 비아냥거렸다.

길동이 말을 채 끝내기도 전에 강성일의 주먹이 길동의 복부를 강타했다. 길동은 숨이 끊어질 듯한 고통을 느꼈고, 옆구리에 난 상처가 쓰리고 아팠다.

강성일이 말했다. "이제 그따위 장난은 그만둬."

강성일은 안경을 벗고 길동에게 얼굴을 가까이 들이밀 며 말했다. 왼쪽 눈 아래 오래된 흉터가 남아 있었다. "기억 나? 우리 어린 시절에 내가 개한테 물렸을 때 네가 돌을 던

저서 개를 쫓아줬지."

길동은 아무 말도 하지 못했다. 강성일이 말을 이었다. "걱정하지 마. 널 어떻게 할 생각은 없으니까."

길동이 가까스로 입을 열었다. "그래, 나도 싸우고 싶지 않아."

강성일이 물었다. "정말이야? 그 말 믿어도 돼?"

길동이 말했다. "믿어! 이제 말이 좀 통하는 거 같군. 내가 어떻게 협조하면 되겠나?"

강성일은 권총의 탄약을 확인하며 말했다. "지금 보내주면 장부 가져올 수 있겠어?"

길동은 강성일의 비위를 맞추려는 듯 나긋나긋한 목소리로 말했다. "아, 당연히 가져올 수 있지. 영감이랑 애들도 나한테 맡겨주면 좋겠어. 내가 해결할 문제가 좀 있거든? 그리고 네가 저것들 데리고 있어 봤자 귀찮기만 하지 않겠어?"

"좋아! 너 하고 싶은 대로 해." 강성일은 길동의 손에 권총을 쥐여줬다. 얼떨결에 권총을 넘겨받은 길동은 당황한 기색이 역력했다. "김병덕은 시체로 만들어서 데려가. 그러면 방금 네가 했던 말을 그대로 믿고 보내주지."

강성일의 말에 길동의 표정이 굳어졌다. 동이와 말순이도 얼굴이 사색이 됐다.

강성일이 계속해서 말했다. "네 목적은 김병덕이를 죽여서 네 어미 원수를 갚겠다는 거 아니었어? 네 어미가 당했던 그대로 갚아주겠다는 거 아니었냐고?"

"지금 뭐 하자는 거야?" 길동이 소리쳤다.

강성일은 구석에 있는 의자에 걸터앉으며 말했다. "김병덕도 있고 애들도 있고, 여기 다 있잖아? 모두 네가 원했던 사람들이지. 자, 여기서 끝내. 총알은 딱 한 발 들어 있으니까."

김병덕이 동이를 바라봤고, 할아버지와 시선이 마주친 동이가 애원하는 눈길로 길동을 바라봤다. 동이는 두려움으로 숨소리가 점점 더 거칠어졌다. 길동은 죄지은 사람처럼 동이의 시선을 피했다.

강성일이 벗었던 안경을 다시 쓰며 길동에게 말했다. "딱 1분 주겠어. 1분이 지나도 김병덕이 살아 있으면, 너도 김병덕도 아이들도 여기서 처형될 거야."

권총을 쥐고 있는 길동의 손이 떨렸다. 김병덕은 바닥

에 주저앉은 채 두려움에 떨며 아이들을 바라보고 있었다. 경찰들이 총에 실탄을 장전하는 금속성 소리를 내며 어린 동이와 말순이에게 총구를 겨눴다.

강성일은 여유롭게 주머니를 뒤져 사탕을 하나 꺼내 입에 넣으며 말했다. "왜? 어디서 많이 본 장면 같지 않아?"

길동이 침을 꿀꺽 삼켰다. 호흡이 점점 거칠어졌다. 길동은 천천히 김병덕을 향해 다가가다가 동이를 보고 말했다.

"그래, 동이야. 난 복수하러 여기에 온 거야. 내 어머니를 죽인 너희 할아버지가 바로 내 원수야. 난 너희 할아버지를 죽일 거다."

두려움과 놀라움에 동이와 말순이의 안색이 변하면서 두 눈이 휘둥그레 커졌다. 아이들은 길동의 말을 똑똑히 듣고도 도저히 믿을 수 없다는 듯이 고개를 가로저었다.

"그래, 영감 죽이고 나한테 와. 이제 세상이 바뀔 것이다." 강성일이 말했다.

길동이 김병덕에게 총구를 겨눴다. 방아쇠에 걸린 길동의 손가락이 미세하게 떨렸다. 동이는 실성할 것처럼 거칠게 숨을 몰아쉬며 아픈 짐승 같은 소리를 냈다. 말순이는 할아버지에게 총구를 겨누는 길동을 보자, 그대로 기절해버렸다. 그때였다. 길동은 전화기 아래에 있는 소화기를 눈여겨보더니 갑자기 총구를 내렸다. 그러고는 침착한 목소리로 말했다. "네가 원하는 걸 줄게."

강성일이 눈을 동그랗게 떴다. 길동이 말을 이었다. "근데 그게 지금 나한테 없어. 내 몸을 샅샅이 뒤졌으니 알잖아. 전화 한 통만 하게 해줘. 네가 찾는 그 장부를 이리로 가져오라고 할 테니까."

강성일과 경찰들이 뜻밖이라는 듯이 시선을 교환했다.

"내 죽은 어머니를 걸고 맹세하는데, 네가 여기서 뭘 하든 무슨 꿍꿍이가 있든 내가 나서서 막을 생각은 전혀 없어."

강성일이 눈짓하자, 경찰들이 길동에게서 총을 빼앗았다. 길동은 숨을 고르고 침착하게 걸음을 떼며 생각했다. '무슨 말을 하는지는 중요하지 않아. 어차피 사람들은 내가 하는 말을 제대로 듣지 않으니까. 사람들은 내 말을 듣기보다 말하는 나를 바라봐. 그러니 나부터 내가 하는 말을 믿어야 해.'

길동은 바닥에 떨어진 모자를 주워 쓰고 강성일을 지나고 김병덕과 동이와 쓰러진 말순이를 지나서 전화기 쪽으로 걸어갔다. '믿으면 돼… 전화하면 누군가 장부를 가지고 올 거야. 누군가 장부를 가지고 온다.'

그때 뭔가 이상한 낌새를 알아챘는지 강성일이 갑자기 총을 들고 일어섰다. 길동은 전화 수화기를 들었다. 그때 길동이 대충 썼던 모자가 벗겨져 바닥에 떨어졌다. 길동은 속으로 중얼거렸다. '그리고 난 이 지옥에서 죽지 않고 살아서 집으로 돌아간다.' 길동은 모자를 주우려고 몸을 굽히다가 돌아서며 말했다. "맞아, 생각해보니 지금은 전화가 안 돼." 길동은 말을 마치자 전광석화처럼 몸을 날려 옆에 있던 소화기를 집어 들어 던졌고, 그 순간 강성일의 총구가 불을 뿜었다. 강성일의 총에 맞은 소화기가 쾅! 하고 터지면서 사방이 흰 연기로 온통 뒤덮였다. 지하실 안이 순식간에 한 치 앞도 볼 수 없는 아수라장이 되자, 경찰들은 김병덕과 아이들을 향해 총을 난사했고, 동이는 두려움에 떨며 바닥에 납작 엎드렸다. 경찰끼리 쏜 총에 한 명이 쓰러졌다. 길동은 떨어진 총을 순식간에 분해하고 탄창을 챙겼다. 뿌연 연기 속에서 서로 난사한 총에 경찰들이 계속 쓰러졌다. 빗소리, 천둥소리, 총소리, 동이의 울음소리, 경찰들의 비명과 고함 속에서 길동은 유령처럼 일사불란하게 움직이며 연신 바닥에 떨어진 총들을 분해하고 탄창을 챙겼다. 분노한 강성일은 미친 듯이 사방에 총을 갈겨댔다.

길동은 공포에 떨며 울고 있는 동이에게로 더듬더듬 다가가 결박을 풀어줬다. 동이는 가까스로 기어서 쓰러져 있는 김병덕을 발견하고는 "할아부지!"라고 부르며 와락 품에 안겼다. 동이는 노인을 묶은 쇠사슬을 풀어보려고 애썼지만 잘되지 않자, 주변에서 쓸 만한 도구를 찾아다녔다. 그때였다. 경찰 하나가 노인 옆으로 와 총구를 겨눴다. 바로 그때 그와 동시에 픽! 소리가 나면서 경찰이 쓰러졌고, 뿌연 연기를 헤치며 길동이 모습을 드러냈다. 길동은 살기 어린 눈으로 노인을 쏘아보며 총으로 머리를 겨눴다. 동이가 두려움에 떨며 "아저씨!"라고 길동을 부르는 순간, 한 발의 총성이 울려 퍼졌다. 노인을 묶었던 쇠사슬의 자물쇠가 떨어져 나갔다. 노인은 멍한 표정으로 길동을 쳐다보았다.

길동이 이를 악물고 말했다. "영감! 엄살떨지 말고 빨리 일어나. 얼른!"

여전히 시야가 뿌연 실내에서 강성일은 입구 쪽으로 다가가는 김병덕을 향해 방아쇠를 당겼지만, 실탄이 떨어져 찰칵, 찰칵 메마른 금속성 소리만 들렸다. 강성일은 서둘러 바닥에 쓰러져 있는 경찰의 손에서 권총을 빼앗아 들었다.

주위를 살피던 길동은 앞쪽에 웅크리고 있는 동이를 발견하고 다가갔다. 그 순간, 강성일이 앞을 가로막으며 길동에게 주먹을 날렸다. 그리고 쓰러진 길동에게 방아쇠를 당기려는 찰나, 결박이 풀린 김병덕이 달려들어 총구를 붙잡고 늘어졌다. 그때였다. 탕! 총성이 울리자 김병덕은 동작을 멈추고 잠시 그대로 있다가 털썩 주저앉았다. 길동은 바닥에 쓰러진 김병덕을 멍하니 내려다보았다. 그 순간, 강성일은 김병덕에게 다시 총을 겨눴고, 길동의 권총이 불을 뿜었다. 총알은 강성일이 들고 있던 총에 명중했다. 길동이 한바탕 총을 난사한 뒤 잠시 적막이 찾아왔다. 실내를 메웠던 뿌연 연기가 걷히면서 난장판이 된 지하실 모습이 서서히 드러났다. 총상을 입은 김병덕은 피를 흘리며 쓰러져 있었고, 강성일은 어디론가 사라진 뒤였다. 동이는 반쯤 정신이 나가 김병덕의 상태를 살피고 있었다. 길동은 눈여겨 주위를 둘러봤지만, 바닥에 쓰러져 있던 말순이의 모습이 보이지 않았다.

"김말순! 김말순!" 길동이 말순이를 불렀다. 동이도 그제야 정신이 드는 듯 벌떡 일어나 외쳤다. "말순아! 말순아!"

길동의 표정이 일그러졌다. 옆구리 통증을 참으며 김병덕을 둘러업은 길동은 천천히 앞으로 나갔다. 넋이 나간 것 같은 동이가 길동의 손을 잡고 따라갔다. 동이 손을 꼭 쥔 길동이 이를 악물고 말했다. "정신 차려, 김동이!" 둘은 지하실 밖으로 나와 천천히 계단을 올라갔다.

10월 24일 낮, 안전가옥

안전가옥 2층에서 길동은 초췌한 얼굴로 창밖을 내다보고 있었다. 블라인드 사이로 오후 햇살이 들어오는 조용하고 널찍한 방에는 의식을 잃은 김병덕이 침대에 누워 있었다. 길동은 노인에게로 고개를 돌리다가 그의 손목에 감긴 아이들의 머리끈을 물끄러미 내려다보았다. 천천히 침대 곁 의자로 다가가 앉은 길동은 품에서 권총을 꺼내 철컥! 하고 총알을 장전했다. 그리고 몹시 지친 듯이 손바닥으로 얼굴을 쓸어내리며 안주머니에서 약통을 더듬어 찾았다. '귀찮아, 귀찮아, 죽고 싶을 만큼 귀찮아. 너무 귀찮아서 사람이 죽을 수도 있을까?' 이 염불 같은 말이 저절로 입 밖으로 흘러나왔다. 길동이 약통을 꺼내는 순간, 꼬깃꼬깃 접힌 종잇조각이 바닥에 떨어졌다. 길동은 고개를 갸우뚱하며 종이를 주워 펴보았다. 비뚤배뚤하지만 단정한 글씨체였다.

아저씨 나는 김말순입니다.

아저씨 미안해요.

아저씨는 잠도 못 자고 다치고 우리 할아버지 찾아줄라고 그러는데 나는 협조도 못 하고 거짓말한다고 막 그래서 미안해요.

할아버지가 없어서 처음엔 무서웠는데 아저씨랑 있어서 하나도 안 무서웠어요.

언니랑 나랑 옆에 아저씨가 있어서 고맙습니다.

나는 아저씨가 삼촌 했으면 좋겠다고 생각했는데 친구도 좋아요.

내일부터는 자꾸 귀찮게 안 물어보고, 협조도 잘하겠습니다.

김말순 올림

길동은 손에 쥔 쪽지에서 한동안 눈을 떼지 못했다. 그리고 들릴 듯 말 듯 작은 목소리로 말했다. "영감, 김말순이 나한테 뭐라는 거야? 하여튼 걔는 똑똑한 척은 혼자 다 하잖아. 김병덕, 내가 당신을 얼마나 오랫동안 찾아 헤맸는지 안다면, 나한테 미안하다고 말해줬으면 좋겠어."

그때였다. 김병덕이 입을 실룩이며 뭔가 말하려는 것 같았다. 길동은 자리에서 벌떡 일어나 밖으로 나갔다.

얼마 후, 황 회장과 동이, 부하들과 흰 가운을 입은 의사가 방문을 열고 들어섰다. 누워 있는 김병덕을 보더니 동이가 달려가 서글픈 눈빛으로 말없이 노인의 손을 잡았다. 의사는 말없이 모니터를 들여다봤다. 가물가물한 의식을 부여잡고 노인이 힘겹게 입을 뗐다. "동이야…"

"할아부지." 동이가 울먹이며 대답했다.

"밥은 먹었어?"

"먹었어. 할아부지는?" 동이가 울먹거렸다.

"내도 먹었지. 점심때가 한참 지났는데…. 근데 말순이
는 어디 갔어?"

동이는 잠시 우물쭈물하다가 대답했다. "말순이는 자고
있어."

노인은 다시 의식이 흐려지는 듯 한쪽만 남은 동공이 심
하게 흔들렸다. 모니터를 확인하던 의사가 황 회장에게 뭔
가 말하려다 황 회장이 눈짓으로 제지하자 입을 다물었다.

노인이 가까스로 입을 열었다. "동이야, 앞으로 니가 말
순이 준비물 잘 챙겨줘야 해. 이 못난 할애비가 내 새끼들
고기 한번 못 사주고 고생만 시켜 미안해."

동이는 나이에 어울리지 않게 의연한 태도로 노인의 눈
빛에 숨어 있는 뜻을 읽었다. 노인의 뺨을 타고 한 줄기 눈
물이 흘렀다. 노인은 간신히 말을 이어갔다. "우리 동이, 말
순이, 불쌍한 내 새끼들, 내 죗값을 너희가 받게 해서 이 할
애비가 너무 미안하다. 내가 해친 사람한테도… 죽을죄

를… 졌습니다. 미안…합…니…다."

김병덕의 입에서 다시는 나온 곳으로 돌아가지 않을 긴 숨이 빠져나왔다. 길동은 좀 떨어진 구석에서 이 광경을 안타깝게 지켜보고 있었다. 미동도 하지 않고 할아버지 말에 귀 기울이던 동이가 의사를 쳐다보며 말했다. "우리 할아버지, 돌아가신 거예요?"

의사는 굳게 입을 다물었다.

"괜찮다고 말해줘야 하는데…." 울먹이는 동이 목소리가 떨렸다. "우린 탕수육도 먹었다고… 그래서 괜찮다고 말해줘야 하는데… 돌아가셨어요?"

동이가 눈을 질끈 감자, 눈물이 왈칵 쏟아졌다. 이제까지 참았던 눈물이 한꺼번에 쏟아지는 듯, 쉴 새 없이 흘러내렸다. 동이는 꼭 잡은 할아버지 손을 놓고, 얼굴을 감싼 채 어깨를 들먹였다. 황 회장과 부하들도 고개를 돌렸고, 길동도 고개를 숙였다. 동이는 할아버지를 부르며 낮게 울었다.

길동은 슬며시 밖으로 나와 임시 거처로 쓰고 있는 다른 방으로 들어갔다. 날이 어두워지기 시작했지만, 두꺼운

커튼으로 가려진 실내는 캄캄했다. 길동은 서츠를 갈아입었다. 몸을 조금만 움직여도 온몸이 욱신욱신 쑤셨다. 길동은 소매 단추를 채우고, 상의와 외투를 걸치고, 새 구두를 꺼내 단단히 끈을 묶었다. 그리고 낮에 강성일이 전화로 했던 말을 되새겨보았다.

'오늘 저녁 8시 반, 정원리 선착장으로 와. 꼬마가 살아있을 때 보려면 약속 시각에 늦지 않는 게 좋을 거야!'

안전가옥에서 나오는데 황 회장이 말없이 길동의 뒤에서 손목을 잡아끌며 말했다. "진짜 혼자 가도 괜찮겠어?"

길동은 미세한 떨림이 느껴지는 황 회장의 손을 떼어놓았다. "그건 모르겠네. 가보면 알겠지."

길동은 눈을 찡긋하고는 뒤돌아 걸으며 작별의 손짓을 했다. 그리고 차에 올라 시동을 걸었다.

10월 24일 저녁, 명월리

저녁 7시부터 명월리에는 수상한 기운이 감돌았다. 몇 차례 사이렌 소리가 조용한 마을의 정적을 깼고, 확성기로 비상사태를 알리는 방송이 나온 뒤 광우회 일당은 명월리 집들을 하나하나 찾아다니며 주민을 불러내 모두 트럭에 태우고 유령 마을 공터로 데려갔다.

길동이 약속 시각에 맞춰 어둑해진 정원리 선착장에 도착했을 때 강성일의 부하들은 이미 진을 치고 대기하고 있었다. 길동이 한쪽에 세워진 검은 승용차를 지나 강성일 부하들에게로 걸어가자, 그들은 길동의 몸을 뒤져 주머니에 있던 소지품을 꺼내 모두 바닥에 던져버렸다. 약통에 들어 있던 알약들도 쏟아졌다. 하지만 길동은 개의치 않는다는 듯 꼿꼿한 자세로 그들의 지시를 순순히 따랐다.

선착장 건물의 철문이 열리자, 길동은 강성일의 부하들을 따라 안으로 들어갔다. 말순이에게 한 걸음 더 가까워졌다는 생각에 길동의 심장이 쿵쾅거리기 시작했다. '말순아,

조금만 기다려. 아저씨가 간다!

밖에 있던 자들도 따라 들어와 길동을 에워쌌다. 길동은 건물 안쪽에 있던 강성일에게 다가갔다. "장부에 관해선 네 똘마니들 다 내보내고 나서 우리끼리 얘기하는 게 어때?"

강성일이 눈짓하자 부하 한 명이 철문을 걸어 잠갔고, 다른 부하는 길동의 손목에 수갑을 채우고 쇠사슬로 몸을 결박했다.

강성일이 말했다. "그 얘기는 이제 그만하지."

길동이 강성일을 노려봤다.

부하 하나가 강성일에게 보고했다. "일 분 전입니다."

강성일이 길동에게 말했다. "죽을 줄 알면서 왜 왔나? 기회가 있을 때 멀찌감치 도망갔어야지."

강성일은 무전기를 테이블에 올려놓았다.

길동이 당황해서 말을 더듬으며 물었다. "일, 일 분 전이라니 무슨 말이야? 9시 아니었어? 잠깐 진정하고 내 말 좀 들어봐."

같은 시각, 명월리 주민이 모여 있는 유령 마을 공터에서도 광은회 회원들이 시간을 확인했다. 8시 29분. 그 순간, 높은 언덕에서 공터 주위를 포위하고 있던 일당은 기관총을 들어 마을 사람들을 겨냥했고, 한 명은 무전기를 켜놓고 볼륨을 높였다.

잠시 후 선착장 건물 테이블에 놓였던 무전기를 통해 탕탕탕… 기관총을 난사하는 소리가 들리더니 이윽고 아비규환의 처절한 비명과 끔찍한 총성이 무전기를 폭발할 듯이 격렬하게 들려왔다. 길동은 얼이 빠진 듯 아무 말도 하지 못했다. 잠시 후 무전기에서 들리는 총성이 잦아들자, 강성일이 피식 웃으며 길동에게 물었다. "그 꼬마 계집애 이름이 말순이던가?"

길동은 불안한 목소리로 강성일에게 소리쳤다. "이러지 마, 제발. 내가 다 잘못했으니 말순이는 내버려둬. 어린아이를 해쳐서 네가 얻을 게 뭐야?"

그때였다. 선착장 앞에 주차돼 있던 검은 승용차 안에서 총성과 함께 불꽃이 번쩍 튀었다. 길동은 총소리에 깜짝 놀라 움찔하더니 몸을 부들부들 떨었다. 길동의 불안한 예감이 적중했다는 걸 말해주듯이 무전기를 통해 끔찍한 보고가 들렸다. "처치했습니다."

강성일이 길동을 바라보며 말했다. "처치했다는군. 명월리 사람들도 꼬마도 이제 다 끝났어."

길동이 헐떡거렸다.

강성일이 말을 계속했다. "장부? 그깟 종이쪼가리 없어도 그만이야. 영감이 괘씸해서 다그친 것뿐이라고."

"말순아…" 길동이 슬픔을 못 이기고 아이처럼 흐느꼈다.

강성일이 말을 이었다. "그 꼬마가 너하고 대체 무슨 관계라고 여기까지 와? 길동아, 세상엔 중요한 사람이 있고, 중요하지 않은 사람이 있어. 중요하지 않으면 없어도 되는 거야. 방금 죽은 사람들처럼. 위선자들은 모르는 척하지만, 그들도 이것이 진실이라는 걸 알고, 세상은 바로 이런 진실이 지배하고 있지."

강성일이 눈짓하자, 옆에 있던 부하가 기관총에 탄창을

장전하고 길동이를 겨눴다.

길동은 겁에 질려 훌쩍거리며 강성일에게 사정했다. "내가 잘못했어. 제발 이러지 마. 살려줘."

강성일이 길동의 눈을 빤히 들여다보며 말했다. "난 네가 돌아와 주길 진심으로 바랐다." 그리고 옆에 있던 부하에게서 기관총을 빼앗아 들고 말을 이었다. "아버지가 그동안 네 걱정 많이 하셨다. 널 걱정한 게 아니라, 네가 위험한 놈으로 자라는 걸 걱정하셨단 말이다."

길동은 괴로움에 겨워 고개를 저었고, 몸을 웅크리며 고함을 질렀다. 무슨 말인지 정확하게 알아들을 수 없는 괴성이 허공을 가르는 순간, 강성일이 방아쇠를 당겼다. 하지만 총알은 발사되지 않았다. 강성일은 고개를 갸우뚱하더니 다른 총을 받아 다시 길동을 향해 쏘았지만, 이번에도 총알은 나가지 않았다. 강성일은 탄창을 확인했지만, 실탄은 문제없이 장전돼 있었다. 부하가 다른 기관총을 들고 발사해봤지만, 결과는 마찬가지였다. 강성일과 부하들은 당황해서 닥치는 대로 총을 들고 방아쇠를 당겼지만 제대로 작동하는 총은 한 정도 없었다. 그때 얼굴을 감싸고 고개를 숙이고 있던 길동이 천천히 고개를 들면서 해맑게 웃었다.

"왜? 강성일 반장님, 뭐가 생각대로 잘 안 됩니까?"

강성일은 뭔가 잘못됐음을 직감하고 얼굴을 찌푸렸다. 그때였다. 엄청난 굉음이 들리며 길동의 뒤쪽 나무 벽이 우지끈! 뜯겨 나갔다. 건물 밖에서 육중한 트럭 두 대가 쇠사슬을 연결해 창고 벽을 뜯어내고 있었다. 여기저기 나무 조각과 먼지가 날렸다. 그 장면이 재미있어 죽겠다는 듯이 길동이 희희낙락하는 사이에 낯익은 얼굴들이 창고 안으로 들어왔다. 바로 길동의 부하들과 두식이었다. 두식은 커다란 절단기로 길동의 결박을 간단히 끊어버렸다. 길동의 부하 활빈당 당원들은 무용지물이 된 총을 들고 있던 강성일 부하들을 무장해제 해서 한쪽 구석에서 무릎을 꿇고 앉아 있는 세 명의 중년 남자들 곁에 앉혔다.

길동이 당황해하는 강성일에게 웃으며 말했다. "군수, 서장, 보안과장, 이분들 오랜만에 뵙지 않나요, 강성일 반장님?"

강성일은 부글부글 끓어오르는 분을 참지 못하고 얼굴이 붉으락푸르락했다.

길동이 말을 이었다. "강성일, 혹시 엊그제 무기 팔던 놈들 이름 알아? 그중 하나가 정진수라고 왼쪽 새끼발가락이 없어. 말할 때마다 눈을 깜박거리는 틱이 있는 놈 말이야. 자, 이게 어떻게 된 일일까?"

"정진수 씨? 돈을 두 배 쳐드리죠." 정진수는 황 회장의 제안을 기꺼이 받아들였다. 22일 밤이었다. 다행히 선착장은 어두웠고, 한 걸음 떨어져 지켜보니 강성일은 무기를 확인하느라 정신이 없었다. 정진수는 챙이 큰 모자를 쓴 두 남자와 함께 강성일 쪽으로 다가가 말했다. "반갑습니다, 반장님. 확인해보세요, 브라우닝 25 아홉 정, 토카레프 세 정. PPS 43 스물네 정입니다."

정진수가 턱짓으로 신호하자 챙이 넓은 모자를 쓴 두 남자가 또 다른 나무 상자를 가져왔다. 경찰 한 명이 상자를 열어 탄약 박스를 꺼냈다. 강성일은 총알이 장전된 탄창을 권총에 장착한 뒤 철컥! 슬라이드를 뒤로 잡아당기고 나서 선착장에 딸린 목재 가건물을 향해 탕! 하고 방아쇠를 당겼다. 타타타탕! 강성일의 연속적인 총격에 가건물이 맥없이 부서졌다. 경찰들도 기관총을 들고 같은 표적을 향해 미친 듯이 쏘아댔다. 스산한 밤 호숫가에서 광란의 총탄들이 불꽃놀이라도 하듯 어두운 허공을 수놓았다.

강성일과 경찰들이 총질하는 사이 두 남자는 태연하게 나무상자를 들어 옮겼다. 실탄이 장전된 총이 들어 있던 상자를 트럭에 싣고, 불량 탄환이 장전된 총이 든 상자들을 내려 감쪽같이 바꿔치기했다. 강성일과 경찰들은 이 두 남자의 행동에 전혀 신경 쓰지 않았다. 검은 승용차 뒷좌석에서 군수가 차창을 내리자, 모자를 올리며 군수에게 두 남자가 가볍게 인사했다. 그들은 모두 황 회장의 부하들이었다.

유령 마을 공터에서 광은회 일당이 신호에 따라 주민

을 향해 총을 난사했다. 하지만 총은 발사되지 않았다. 그들은 당황해서 총구와 탄창을 확인했다. 그때였다. 공터에 모여 있던 명월리 사람들이 서로 얼굴을 마주 보더니 약속이나 한 듯이 태도를 바꿨다. 아이를 업고 있던 새댁이 포대기를 풀자 인형이 바닥에 떨어졌고, 아주머니는 가발과 안경을 벗고 본래 모습을 드러냈다. 노인은 구부정한 허리를 펴더니 얼굴에서 수염을 뜯어냈고, 다리를 절던 중년 아저씨는 지팡이를 던져버렸다. 그들은 바로 활빈당 당원들이었다. 가짜 명월리 사람들은 외투 속 감추고 있던 소형 자동소총을 슬며시 꺼내 들고 서로 눈짓을 보냈다. 새댁, 노인, 아주머니, 아저씨, 학생이 모두 광은회 일당에게 총구를 겨눴다.

그리고 잠시 후 활빈당 당원들은 광은회 일당을 향해 자동소총을 난사했다. 그들이 비명을 지르며 달아나자 이번엔 거대한 속사포가 총알을 퍼부었다. 활빈당 여당원 한 사람이 무전기를 들고 현장의 모든 소음을 담았다.

그 시각, 진짜 명월리 사람들은 마을회관에 모여 앉아 액션 영화를 관람하고 있었다. 복덕방 영감은 영화에 완전히 몰입해 있었고, 구멍가게 할머니는 졸다가 영화에서 들리는 총격 소리에 놀라 잠에서 깼다. 중국집 종업원도, 헌책방 아가씨도, 동네 꼬마들도 모두 평온하게 영화를 보고 있었다. 영화에서는 쉬지 않고 총소리가 들렸다. 맨 뒤에 앉아 영화를 보던 황 회장은 지루한 듯 자리에서 일어섰다.

선착장 앞에서 길동의 부하는 검은 승용차 운전석에 앉아 있던 강성일 부하를 총으로 협박해 밖으로 끌어내 일격을 가해 실신시킨 다음, 차에 올라타고 뒷자리에 앉은 말순이를 안심시켰다. 그 옆에 있던 또 한 대의 검은 차 안에서는 역시 길동의 부하가 세 번의 총성을 울린 다음, 무전기에 대고 강성일에게 거짓 보고를 올렸다. "처치했습니다."

길동의 부하들이 선착장에 있던 강성일의 부하들을 제압하자, 그중 한 명이 무전기에 대고 다급하게 소리쳤다. "여기는 선착장, 적에게 공격당했다. 광은회 회원들은 충원 바란다. 응답하라, 그쪽에 누구 없나? 응답하라!"

영화를 보고 있던 황 회장은 무전기에서 다급한 목소리가 들리자 짜증을 내며 대답했다. "그래, 응답했다, 이 살인자들아! 사람 목숨 가지고 장난하는 너희 같은 놈들은 우리가 가만두지 않을 거야. 꼼짝 말고 기다리고 있어. 몇 초라도 더 살고 싶으면."

강성일의 부하는 놀라서 무전기를 떨어트렸다.

길동은 의자에 앉으며 말했다. "이제 사태를 파악했나?"

강성일은 어이없다는 듯 야릇한 웃음을 흘렸다.

길동이 말을 이었다. "겁도 없이 이 홍길동 님한테 덤볐으면 벌을 받아야지."

그 말을 신호로 길동의 부하들이 총을 들어 일제히 사

격했다. 강성일의 부하들도 황급히 총을 들어 응사했다. 창고 한구석에는 군수와 서장과 보안과장이 엎드려 총격을 피하고 있었다. 순식간에 수백 발의 총탄이 발사됐고, 양쪽에서 하나둘 총에 맞은 사람들이 쓰러졌다. 그러나 얼마 후 총성이 잦아들자 방탄조끼를 입은 채 쓰러져 있던 길동의 부하들이 하나둘 일어섰다.

엄청난 총격전의 결과로 건물 벽은 완전히 부서져 내렸고, 바닥에는 수백 개의 탄피가 널려 있었다. 얼마나 시간이 흘렀을까? 한차례 폭풍이 지나간 싸움터의 고요를 뚫고 또각또각 하이힐 굽 소리를 내며 황 회장이 걸어 들어왔다. 자욱한 연기에 콜록콜록 기침하면서 사방을 둘러보다가 한쪽 구석에서 벌벌 떨고 있는 군수, 서장, 보안과장을 발견한 황 회장은 그들에게 다가가 말했다. "아저씨들은 살려서 보내줄 테니까, 돌아가서 자수하고 죗값을 치러. 또 사고 치거나 경거망동하면, 그땐 살려두지 않을 거야, 알겠어?"

그들은 무서워 벌벌 떨며 세차게 고개를 끄덕였다.

조용히 앉아 현장을 바라보던 길동은 자리에서 일어나 피투성이가 된 채 바닥에 쓰러져 있는 강성일에게 다가가 말했다. "정말 대단한 콩가루 집안이야. 안 그래? 강성일. 광은회 우두머리 홍상직의 아들 홍일동이 '강성일'이라는 이름으로 경찰 행세를 할 줄 누가 알았겠어?"

강성일은 바닥에서 렌즈가 깨진 안경을 주워들고 비틀 거리며 간신히 일어났다. 길동이 옆에 있던 부하에게 눈짓 하자, 그가 정원 가위를 건넸다.

길동이 다시 말을 이었다. "예전엔 슬픈 얘기를 들으면 잘 울고, 불쌍한 사람들을 보면 도울 줄도 아는 마음씨 착 한 형이었는데, 어쩌다 이런 괴물이 됐을까?"

강성일이 안경을 쓰며 대답했다. "이걸로 네가 이겼다 고 착각하지 마라. 넌 아직 우리를 몰라. 아버지가 반드시 널 잡을 거야."

길동이 강성일에게 몸을 가까이 붙이며 말했다. "귀신 도 날 잡을 순 없어. 난 세상에 없는 사람인데 어떻게 잡아? 난 주민등록번호도 없어. 몰랐어, 형?"

길동은 손에 쥔 가위를 쓸쓸한 표정으로 내려다보다가

부하에게 가위를 건네주고는 뒤돌아 걷기 시작했다. 비틀거리는 몸으로 강성일은 멀어지는 길동의 뒷모습을 바라보았다. 길동의 부하들이 강성일의 행동을 주시하며 주변을 둘러쌌다.

길동이 건물 밖으로 천천히 걸어가자, 뒤에서 적막을 가르며 탕! 하고 총성이 들려왔다.

길동은 선착장 입구에 서 있는 검은 차로 다가가 문을 열었다. 뒷좌석에 엎드려 있던 말순이는 잠에서 깨어 눈을 비비며 길동을 올려다봤다.

"김말순! 그만 자고 어서 일어나 가자." 길동이 웃으며 말했다. "동이 언니한테 가야지."

10월 25일, 다시 일상으로

이튿날, 명월리에선 마치 아무 일도 없었다는 듯이 평소와 다름없는 하루가 시작됐다. 길동은 차에 말순이를 태우고 명월리 마을을 천천히 가로질러 지나가며 혼잣말로 중얼거렸다. '사람들은 똑같은 얼굴로, 똑같은 마음으로, 똑같은 일을 하며, 똑같은 일상을 살아간다. 우리는 희생된 사람들 가족과 친구들을 찾아가 어제 일어난 사건의 경위를 적당히 둘러댈 테고, 사람들은 슬퍼하며 우리 거짓말을 믿을 것이다. 이 마을에서 실제로 무슨 일이 일어났는지 아무도 모른다.'

복덕방 영감은 환타를 마시며 앉아 있었고, 중국집 종업원은 질겅질겅 껌을 씹으며 음식을 날랐다. 헌책방 아가씨는 자전거를 타고 외출했고, 구멍가게 할머니는 TV를 켜 둔 채 졸고 있었다. 길동은 차를 몰고 이들의 일상을 스치며 지나갔다.

어디서 구해왔는지 두식이 신문을 여러 개 사 가지고 황 회장 차에 올라탔다. 조수석에 앉은 두식은 여러 신문의 머리기사 제목을 소리 내어 읽었다.

'광은회 비밀 장부 살포 파문',

'베일에 가려졌던 조직, 실제로 밝혀지나',

'정관계 인사들 관련 의혹 전면 부인',

'검찰 조사 여부는 불투명'

뒷좌석 황 회장 곁에 앉아 있던 동이는 어느새 차 문을 열고 나가 뒤에 서 있던 길동의 차에서 내리는 말순이를 향해 달려갔다.

"언니!" 말순이가 언니에게 안기며 품에 얼굴을 파묻었다.

"이리 와. 우리 함께 타고 가자." 동이가 말순이를 데리고 황 회장의 차에 올라탔다. 차에 오른 말순이가 두리번거리자 황 회장도 두식도 모르는 척하며 시선을 창밖으로 돌렸다.

말순이가 물었다. "언니, 할아버지는?"

동이가 잠시 머뭇거리더니 답했다. "할아버지는 어디 가셨어. 돈 벌러 가셨어."

그 순간, 말순이의 표정에 그늘이 졌다. 동이가 가방을 챙기며 말했다. "언니랑 밥 잘 먹고, 선생님 말씀 잘 듣고 그러면 오신댔어."

그때 황 회장이 끼어들었다. "말순아. 이리와 봐. 언니가 머리 묶어줄게. 그리고 동이랑 말순이는 이제 새집에서 살게 될 거야. 조금이라도 불편한 거 있으면 언제든지 나한

테 전화해, 알았지?'

이상한 낌새를 알아챘는지 말순이는 입을 실룩하더니 이내 눈물을 흘렸다. 그때 길동이 황 회장 차의 앞문을 열면서 두식에게 뒤에 세워둔 스텔라로 가라고 했다. 두식은 길동의 차로 옮겨 탔고, 앞서 달리기 시작하는 황 회장의 차를 따랐다. 황 회장의 차 안에서는 한동안 모두 입을 굳게 다문 채 침묵이 계속됐다.

동이가 조심스럽게 입을 열었다. "아저씨…."

길동이 고개만 조금 뒤로 돌렸다. "아저씨, 우리 할아버지도 아저씨처럼 잠을 못 주무셨어요. 예전에 잘못했던 게 꿈에 자꾸 나와서 못 주무신다고 했어요."

길동은 아무 대답도 하지 않고 창밖만 응시하더니 조용히 입을 열었다.

"동이야, 말순아. 어제 내가 지하실에서 했던 말 다 뻥인 거 알지? 김말순!"

말순이가 울먹이며 답했다. "네."

"내가 우리 엄마 얘기해준 적 있었나?"

"아뇨."

"우리 엄마도 나 어렸을 때 멀리 돈 벌러 가셨어."

황 회장도 동이도 길동에게 시선을 집중했다. 길동은 혼잣말하듯 말을 계속했다. "내가 어렸을 때 미역 안 먹었거든. 그래서 미역국 끓이면 우리 엄마가 나 국물이라도 먹으라고 미역을 다 건져내고 밥을 말아주시곤 했어."

말순이가 길동에게로 몸을 기울이며 물었다. "아저씨 엄마는 다시 오셨어요?"

"응."

"진짜요?"

"당연히 진짜지."

말순이가 다시 물었다. "또 뻥 치는 거 아녜요?"

길동이 장난기 어린 말투로 대답했다. "진짜거든!"

"아저씨, 그런데 이제 우리 진짜로 못 만나요?"

길동이 시큰둥하게 답했다. "아마 그럴걸?"

동이가 끼어들었다. "보고 싶으면 어떻게 해요?"

"음… 보고 싶으면 마음속으로 생각하든가."

"우린 아저씨 안 잊을 거예요. 할머니가 돼도 안 잊을 거예요." 말순이가 비장하게 말했다.

어느새 차가 교외를 벗어나 시내로 접어들었을 때 길동은 운전기사에게 차를 세우라는 신호를 보냈다. 차가 길가에서 멈추자 길동이 차 문을 열고 밖으로 나왔다. 그러자 당연하다는 듯이 동이와 말순이도 내렸다. 길동이 뭔가 말을 꺼내기도 전에 말순이가 주머니에서 캐러멜을 꺼냈다.

"아저씨 줄라고 하나도 안 먹었어요."

길동이 말순이가 건네준 캐러멜을 말없이 받았다. 캐러멜 세 개. 길동은 캐러멜을 내려다보다가 동이와 말순이에게 하나씩 나눠줬다.

동이가 얼떨결에 캐러멜을 건네받으며 말했다. "저는 안 먹어도 되는데."

그러자 길동이 진지한 표정으로 말했다. "친구끼리는 뭐든 함께 나누는 거야, 몰랐어?"

말순이는 머뭇거리다가 갑자기 다가와서 길동의 목을 끌어안았다. 길동이 자세를 낮추자 동이도 달려들어 길동을 껴안았다. 차 안에서 그 모습을 지켜보던 황 회장은 왠